程门玉树

闲妹 著

内蒙古文化出版社

图书在版编目(CIP)数据

程门玉树 / 闲妹著 . -- 呼伦贝尔：内蒙古文化出
版社 , 2025. 5. -- ISBN 978-7-5521-2596-2

Ⅰ . I247.5

中国国家版本馆 CIP 数据核字第 20251DC446 号

程门玉树

CHENG MEN YU SHU

闲　妹　著

责任编辑　赵佳禹　朝　日
封面设计　吴梦涵

出版发行　内蒙古文化出版社
地　　址　呼伦贝尔市海拉尔区河东新春街4－3号
直销热线　0470－8241422　　**邮编**　021008

排版制作　新美文化传媒（天津）有限公司
印刷装订　三河市华东印刷有限公司
开　　本　880mm×1230mm　1/32
字　　数　170千
印　　张　6.75
版　　次　2025年5月第1版
印　　次　2025年5月第1次印刷
书　　号　ISBN 978-7-5521-2596-2
定　　价　58.00元

自序

我的外公程树德是法律史学家，一生主要从事国际法、宪法、中国法制史的研究，著述宏富，最为重要的法律著作是《九朝律考》。他又是举人出身，曾在清末出任翰林院编修，国学功底非凡，生平最后一部著作即四十卷本的《论语集释》。

最初，我只知道外公是清华大学教授。2012 年前后，小妹从网上为我找来了外公的资料，我才得以更详尽地了解到外公的生平。

在文字资料里，他是一位治学严谨、知识广博的学者，不管是在清末作为福州谘议局代表为推动"预备立宪"奔走呼号，还是抗日战争时期宁愿全家挨饿、贫病无依也拒不出任伪职等，无一不勾勒出他作为中国文人的民族风骨；而在母亲和外婆对他琐细的回忆里，他又是一个相当简单的普通人，不管是他不忘旧情、感念糟糠，还是他爱惜娇妻、宠溺幼子，处处描绘出他作为一个普通男子的人间血肉。

2017 年 11 月，我和丈夫专程来到福州的"程氏祠堂",想在那里找到一些外公的讯息,可是一无所获。外公一生为人低调,很难从现有的资料里找到他的身影。我只能勉强从外婆与母亲对他的点滴回忆中去收集那些吉光片羽,来还原外公的面目和生活。

我的外公,他有令人敬仰的人格,又经历过今人无法禁受的苦难;他究竟是如何的人,作为后辈的我当然不敢妄言和杜撰,只是用笔将来自他至亲骨肉的讲述转化为文字。然而,历经近150年的时光漫漶,无论怎样的回忆必定会有或多或少的失真。特别是,与讲述人同时代的至亲们都已过早地走进了时间。这使我在痛惜之余也深感惋惜,我所拥有的资料不能再被佐证和丰富。思来想去,原本为传记所做的准备,最终也就落实成为一部小说。在我心中,它是真实存在过的;但在我笔下,它只是虚构的作品。

这部小说2019年完成初稿,一直打磨到2024年。5年的时光,我都在心无旁骛地做这一件事。外公是这部小说创作的缘起,这是一部以我的外公法律史学家程树德的一生为蓝本创作的小说。为方便行文,书中一切人物,除了作为历史坐标的公众人物外,其余皆为杜撰。这部小说的创作,纯粹是为了纪念那些把国家命运和个人命运维系在一起的知识分子——外公,是我心底的丰碑。

目 录
CONTENTS

出身闽县，幼而好学

　　1877年，福州西南闽县的城乡接合部，一栋栋平房围起一座老式的宅院。屋顶上，乌瓦鱼鳞一样地排开，木门上光滑的铜环染着青色的锈蚀。宅院内幽静古朴，石板铺地；外墙上密布着绿油油的爬山虎，虽然老旧，却也有种勃勃的生机。天井内有专门用来洗衣服的水池，右手边就是主人的卧房。粉墙上装着镂空的雕花窗，细碎的阳光透过窗格洒到屋内，地砖上一片斑驳。房内靠墙，安放着一张雕花木床。

　　这家主人姓程，家境殷实。程先生已经有了两个女儿，而他的第三个孩子也即将出生。程先生心绪不宁地在客厅里踱来踱去——他太想要个儿子了。灶间里蒸汽腾腾，是程夫人的嫂子在烧水。雕花木床上的产妇面容清秀，丹凤眼、高鼻梁、薄嘴唇；一阵阵的腹痛，使她的面庞稍稍变了形。妻子低一声高一声的呻吟声，传到程先生的耳朵里，让他更加心绪不宁。他叫过两个女儿，让她们去卧室看看她们的母亲。

姐妹俩跑到木床前，看母亲这么痛苦也是束手无策，只能拉着母亲的手想减轻她的痛苦。可是裹着小脚的接生婆说母亲快生了，把两姐妹赶出了房间。她们也只好乖乖地回到父亲身边耐心地等候。

接生婆虽是小脚，但技术绝不含糊，手脚麻利、经验老到："马上就要出来了，憋口气！"

此时的程氏，浑身是汗，感觉人都已经被掏空了，全身没有一点力气。

"头已经出来了，加把劲！"程氏使出了全身力气。不久，就听到了"嗯哇，嗯哇"的婴儿的清脆哭声。

两个女孩儿满脸兴奋，想挤进去看看是弟弟还是妹妹，可是被舅妈拦住了："小孩子别来凑热闹，大人这么忙，别打岔。"她们只好又怏怏地回到客厅等着。

程先生赶紧进了卧室，他心里七上八下，也想知道内人给他生下的是男孩还是女孩。接生婆满脸的笑纹儿："程老爷，是个小子！"他顿时喜上眉梢，程家有香火了！

大床上的产妇，疲惫苍白的脸上露出了笑容，脸也红润了一些。程先生拉起爱妻的手，满眼的疼爱："你辛苦了。"程夫人清秀的脸上飞起红晕，有了这句话，浑身的苦楚都值了。

程先生喜得贵子，随手多送了接生婆一块银圆，又赏了她一升米。接生婆接过银圆连声道谢："程老爷，这孩子天庭饱满，将来一定大富大贵。"她执业这么多年来，还从没有一家主人又是给钱又是给米的。

程家新添了男丁，一下子热闹了许多，进进出出的人们，有的来看产妇，有的来看新生儿。程氏娘家的哥嫂忙里忙外，帮着接待客人。程先生感叹："还得是自家人啊！"

大舅哥一家跑前跑后地忙，又伺候坐了月子。程先生拿出平时积攒下的三十块银圆交给大舅哥，让他回家买几亩地。夫妻俩满心欢喜，这可是全家几年才能积攒下的银子啊。

日子过得很快，转眼孩子快满月了。程先生跟夫人商量，想为这程家第一个男孩办场像样的满月酒。程氏有些为难，她知道家里积蓄不多。闽县识文断字的人不多，程先生写得一手好字，家中的经济来源主要靠他替人写家信、写春联。每到春节，是程先生最忙的时候。

办满月酒要钱，可刚给了哥嫂三十块银圆，又哪有多余的钱来办酒席呢？

"全村人都要来吃酒，还得每人送一盘麻油饭、一个红鸡蛋。这得多少钱啊？"程氏满面愁容。程先生知道，夫人说的是实情。平常的日子过得紧紧巴巴，刚又给了娘家哥嫂三十块银圆，剩下的钱还真不够办满月酒的。程先生心里也怪自己考虑不周，可是钱也不是给了外人嘛。

满月酒，谁又不想办得风风光光的呢？可钱从哪儿来呢？程氏抬手碰了碰自己的耳环，这是娘家送的陪嫁："老爷，把这金耳环当了吧！先把事办了，等有钱了再赎回来呗。"程先生心中一暖，还是爱妻体谅自己。钱有了，给儿子办个体体面面的满月酒，再取上个好名字，光宗耀祖。

满月当天，全村人都到了，在程家祠堂热热闹闹地摆了一整天的酒。程家祠堂也特意贴上了大红的对联：今朝同饮满月酒，他日共贺耀祖孙。大家喝酒，同时也帮着张罗，有的洗碗，有的洗菜，有的配菜，有的掌勺。大家齐聚一堂，举杯把盏，祝福孩子健康成长，其乐融融。程家祠堂门外，程先生满面春风地迎来送往。

程夫人的娘家哥嫂，则忙着给来吃完酒回去的乡亲每人捎上一盘麻油饭、一个红鸡蛋。麻油饭，表示子孙万代；红鸡蛋，寓意生生不息。

这天一大早，程夫人的娘家嫂子预先在水盆中放上十二个小石子、十二文铜钱、一根葱，还有十二个染红的鸡蛋。程氏抱出满月的儿子，让村里的剃头师傅给孩子剃"满月头"。

那年还是光绪三年，官的大小要看帽子上的"顶子"。据说王爷贝勒和一品大员的都是红宝石顶子，所以要用红鸡蛋给孩子讨个"头彩"。

孩子的舅妈将红鸡蛋轻轻滚在小孩头上，连转三次，取意将来能升官发财、戴红顶子。剃头师傅剪下胎发，和石子一起包在红纸内。红纸包被交到程家族长的手里，扔到祠堂的房顶上，希望孩子长大后能光宗耀祖。

程夫人抱着满月的儿子给族长看："请长辈给孩子取个名吧。"

"按辈分是郁字辈，就叫郁庭吧。希望这孩子长大后，善良大方，善施恩泽，人生顺畅，充满好运，有出息，有人品——就叫程澍德吧。"族长说。

程先生对族长作了揖："托族长吉言，那小儿就叫程澍德了。"

程先生拱手与乡亲说道："各位大驾光临，并承厚贶，拜收之下，感激不已。迄今喜得一子，自抚寸心，固深欣慰，聊备酒菜请各位畅饮。"

程先生觉得，这一对耳环换来的满月酒，值了。

日子一天天地过，父母关爱，两个姐姐也呵护，转眼程澍德三岁了。程先生领着儿子读《三字经》。那个时候，孩子都是背《三字经》来识字知理。程澍德天资聪慧，听父亲讲上一遍，再跟父亲读上几遍，就能背出来了。孩子有书性，将来会有出息，这让程氏很欣慰。

原以为一家子从此可以乐享天伦，可程先生的身体却一年不如一年，没走几步就累得不行，走几步歇几步。原本靠代人写字挣钱过日子，可程先生的身体不争气了，拿毛笔的手都提不起来，没写几个字就喘得不行。

程夫人心疼得不行："老爷，你这病还是找个医生看下吧？"

程先生看看夫人，又看看儿女，他最放心不下的还是这个儿子，他才三岁。"我又不能写字，哪有钱看病？"程先生气喘吁吁地说道。

程氏把陪嫁的金戒指从手指上撸了下来，又去了当铺。

当铺进门，先是一排高大的木栅栏，木栅栏后边，是个高高的柜台，柜台里的年轻人问："大姐，你这戒指以后还赎回吗？赎时要付利息的。到期不来赎，就由我们当铺变卖了。你要是不赎的话，那就可以多当点钱。"哪有不想赎回来的道理，可现在孩子的父亲病成这个样子，怕是赎不回来了。

程氏咬了咬牙："不赎。"

当铺的年轻人说："那能当五块大洋。"

"怎么这么少？小哥，能不能多当点？我是为了给病人抓药的！"

"最多给你六块大洋，再多就不成咯。"

这是闽县当地有名的郎中，一听说程先生病得不轻，赶紧提了药箱就来了。

程先生冲郎中点点头，不停地喘气。

郎中皱起了眉头："程先生这是病了多久了？"

"已经两个月了。"

郎中伸手搭脉，再看了舌苔，心里一紧——程先生整个舌头都紫了。

郎中转身到客厅开处方。

"大夫，怎么样了？"程氏焦虑地问。

"程先生病入膏肓，我开三帖药吃吃看。三帖还不见效，就难说了。"郎中开着处方头也不抬地说。

"大夫，你一定得救救我们家……"程氏低声哀求道。

"唉，先吃了再说吧……"郎中开了方子，匆匆走了。

程氏看着郎中走出了自己的视线，仿佛希望也就这么走掉了。

年幼失怙，寄人篱下

闽县最大的一间药铺，开在闽县唯一的一条大街上，听说东家是宫里的一个太监。

程氏把药方递到柜台对面，柜台里面递出来三帖包好了的药。

柜台里的人关照她："要趁热给病人喝。"

程氏千恩万谢地出了药铺，有了药，仿佛希望又回来了。

回到家，她张罗着煎药，一分钟都不敢耽搁——郎中说先吃了再说，药铺的人说喝药要趁热。

程先生欠起身摇头："别忙活了，我这病怕治不好了，别浪费银子了。"

"老爷，别说丧气话，大夫说要吃了这三帖药再说……"

程先生心中也升起一丝希望，儿女还小，儿子又会读书，将来会有出息，会光耀门楣的。

程氏看着丈夫眼里的慈爱，她想哭，她请了县里最好的郎中，她抓药的药铺是宫里人开的——郎中是好郎中，药也是好药。

程氏把煎好的药端到床前，两个女儿乖巧地围在父亲身边，三岁的澍德蹒跚地走过来。

"爸爸。"澍德趴在床前，奶声奶气地叫着。

儿子稚嫩的童音，勾起程先生无限的疼爱。孩子是块读书的料儿，三岁看老，他觉得他的儿子读书肯定会读出个名堂。这个家风雨飘摇，这孩子长大成人后，肯定能帮忙撑起头顶的这一片天，这确实算是一丝安慰。可自己身体不争气，浑身没有一丝力气，怎么教儿子呢？想到这儿，程先生心中又飘过一阵悲凉，他拉起儿子的手说："儿啊，教你的《三字经》背给我听听。"

"老爷，你先吃完药，等病好再教儿子。"

程先生点点头喝下了药，慢慢躺了下去。

入夜，外面飘起了丝丝小雨。

程夫人没睡好，实指望这药喝下去能见效，可这一夜下来，丈夫的病没有一点起色。

天渐渐放亮，程夫人到灶间煎了第二帖药，一种不祥的感觉划过心头。程先生吃了中药，气喘反而越来越重了。他根本不能平躺下去，否则人就喘不过气来。程氏往程先生背后垫了个枕头，他的气喘稍好了一点。

程氏端来稀饭，程先生没有一点胃口，只喝了两口就放下了碗筷。程氏满面愁容，看着丈夫一天天地消瘦下去，她的心在痛，但当着丈夫的面又不敢流露出一丝悲伤。她唯一能做的，就是待在丈夫身边，多陪陪他。

夜已深，程先生没有一点睡意。他的喘息越来越急，感觉肺里憋着一股气，就是吐不出来，而外面的空气又进不去。程先生憋闷欲死，他清楚自己怕是熬不过今晚了。程氏满面愁容地看着他："老爷，你怎么了？我这就去请郎中来……"

"不用请了。我怕是不行了，只是放心不下你们娘儿四个。我走后，你带着孩子们投奔你哥嫂去吧！好歹我给过他们三十块大洋。三十块哟……原以为年纪轻还能挣钱，没想到身体败得这么快……你们过去，都算自家人，好歹会有口饭吃。我唯一放心不下……就是澍德，他才三岁，又聪慧，肯读书，好好教他，将来能考中……以后不管多难，一定要让澍德读书，没钱读书就是借书也要给他看，他是块读书的好材料啊……千万别

011

耽误了孩子。"

程氏早已泪流满面:"老爷,你不能扔下我们不管,你的病一定会治好的。"

"我的病我自己知道,怕是无药可治……你跟了我这么多年,没享到福,今后受苦受累一定要把孩子养大……我一生清贫,没有财产,只有那块砚台留给澍德……让他好好练字,读书人一定要练就一手好字……要告诉澍德——'万般皆下品,唯有读书高'……一定要考取功名,才是立身之本。"

"老爷我记下了。"程氏含泪点头。

天渐渐放亮,程氏起身到灶间给夫君煎了第三帖药。她多么希望能出现奇迹,老爷的病能好起来。

两个女儿懂事地陪在父亲床边。程先生不停地咳嗽,脸涨得通红。大女儿轻轻拍着父亲的后背。自从父亲生病后,她一夜之间成熟了不少,知道帮着母亲分担家务,知道带好弟弟。父亲是家里的顶梁柱,一家人的生计全靠父亲这棵独木撑着,父亲一倒,这个家就完了。

澍德静静地坐在床边的小椅子上。父亲生病后,他就坐在这个小椅子上背《三字经》给父亲听。程先生满眼不舍地看着儿子，他已经说不出话了。他拉着澍德的手，不愿意分开。他想啊，想拉着这小手再走上几十年，哪怕十几年也行，能看着儿子长大成人，功成名就，娶妻生子……他的手在空中抓着，他想把妻子、女儿也握在手里，把这眼前的时光也攥在手里——可是越想使劲，越抓不住，澍德的小手就像一条滑溜溜的泥鳅……

程先生的手最终是松开了。

澍德叫着"爸爸"，可是没有回应，他"哇"的一声大哭起来。

程氏闻声冲进来，手中的药碗"砰"的一声掉在地上，药水四溅。

程先生的头低垂着，歪在一边。"老爷、老爷，"程氏轻唤了两声，之后撕心裂肺地失声哭出来，"老爷，你不能丢下我们不管啊……"两个女儿也跟着母亲大哭。澍德哭着说："爸爸，我背《三字经》给你听，你睁开眼睛啊，人之初，性本善，性相近，习相远……"遗憾的是，程先生再也听不到儿子背书的声音了。

程先生的灵堂设在客厅。

突遭大难，程氏孤儿寡母，不知怎么应付。程家的族长带了四个后生过来，帮忙将逝者从卧房抬到客厅，布置了灵堂："澍德妈，人死不能复生，活人替不了死人难受，死人也替不了活人难受——有什么难处尽管开口。"

程氏含着泪，感激地点点头。

程先生生前在村里人缘不错，平时帮人写信、写字，虽然是生意，但有穷人拿不出钱的也会帮着写，手头紧付不出钱的也肯赊账，毕竟只是一张纸、两滴墨而已。全村人感念这个好人，都来吊唁，帮着发送死者。

福建民间有"乞水"的习俗。程氏带着儿女来到井边，一手拿着钵盂，钵内放一条白布，另一手持幡，哀哭着下跪，口中念道："土地公啊，我们向你买水。"

红线缠好的十二个铜钱被投到井里，嗵的一声，回响遥远而凄凉。

水被倒入新瓷盆里，三岁的小澍德，用白布蘸了水给父亲擦身。程氏想着往日夫妻恩爱，悲从中来，不禁放声大哭。三个孩子看母亲哭得这么伤心，也陪着母亲一起痛哭。小澍德恐惧地看着这一切，在他幼小的心里，最可敬的父亲就这样永远离开了他。

死后三天入殓。吊唁的人送来挽联、香烛、被单、布料、毛毯，这在福建俗称"送轴"。程氏将亲戚和乡亲送的被单、毛毯之类的东西挂在灵堂周围，每块"轴"分别用白纸写上挽联。出殡那天，凡是程先生生前给写过字的乡亲都来给他送葬，将棺木送往程家坟地下葬。

福建有厚葬的风俗，对出殡尤为重视，它不仅被视为死者的哀荣，也被当作生者的显耀。程先生的丧事由程氏族长出面，办得还算体面。

做了七七，族长对程氏说："丧事用的银两由族里出了。你们娘儿几个今后打算怎么办？……"

程氏看了看身边的三个儿女，流着泪对族长说："老爷生前嘱咐过，让我们去投奔我娘家的哥嫂。"

"那样也好，你们过去，这里的房子我们会帮你照看。等两个女儿出嫁了，儿子长大了，你们再回来。"族长说。

程氏扯过儿子，对族长说："老爷走了，澍德无人教育，我又不识字。如果族长不嫌弃，让澍德拜您做老师吧！"

族长看了看澍德，他喜欢这孩子的聪明伶俐，又是读书种子，也就点头应下了。

程氏赶紧拉过澍德："儿啊！快过来给老师磕头。"

程澍德听到母亲叫他，怯生生地走过来朝族长磕了个响头。

族长忙不迭地扶起澍德，对他说："孩子，一日为师，终身为父。读书很苦，只有吃得苦中苦，方为人上人啊。"

三岁的孩子，虽然听不懂族长说的意思，但还是懂事地点了下头。

安葬了逝者，再安排活着的人。

丈夫没了，女人家没了依靠，程氏只能按丈夫生前的安排，带着孩子去投奔娘家的哥嫂。能随身带的，也就是些衣物和日用品。程先生看病抓药尚需典当，家里哪里还有余财？房子和家具带不走，也不能带。唯一还算是细软的，也就是陪嫁里余下的几件首饰。程氏把它们裹得严严实实，贴身藏了，要紧的时候还可以派上用场。

娘儿四个雇不起马车，只能一路风尘，徒步去福州。小澍德才三岁，被母亲领着走了不到一里路就走不动了，哭着要母亲抱。程氏抱着他走了不到二里路，已是满头大汗，上气不接下气。

大女儿毕竟大了，看得懂母亲的累，不光是身累，心也累。父亲在的时候，母亲不轻松；父亲走了，母亲就更累了。她把小澍德接过来，连拖带拉地哄着又走了几里路。

接近晌午，小澍德的肚子开始咕咕叫了："妈妈，我饿了，走不动了。"程氏正要抱他，大女儿懂事地背起了弟弟，深一脚浅一脚地往前走。

闽县离福州近五十里路，一家人走走停停，不知走了多久，都饿得发慌。

路边一座大牌坊，拐进去是个大村子。程氏把孩子们安顿在村头的大树下，去对面人家讨水喝。

一个不大的院子，黄泥围墙。程氏推门进去，女主人正在编草帽，听明白来意，递给她一个大瓷碗："去福州啊？可不容易，还得二十里路呢！"

程氏谢过主人，叫孩子们进来喝了水。

澍德大口大口地喝，一口气喝了大半碗，他抬起头对母亲说："妈妈，我还饿。"

程氏从包袱里拿出一块大饼，撕了半块给澍德，另外半块给了两个女儿。大女儿懂事，撕了一半还给母亲，再撕了一小半给了自己，大的那一块给了妹妹。

程氏抬头看天，已不早了，谢过了主人，催促孩子们上路："还有二十里地，两个时辰就到了。天黑之前，咱们得赶到舅舅、舅妈家。"

一家人走到福州时，天已经黑了下来，四周华灯初上，街上车水马龙。但眼前的繁华与他们无关，人影憧憧反倒衬出一家人的凄苦和无助。

他们要去的是福州下面的一个村子。程氏领着孩子们，摸着黑，一边走一边问路。还好，遇见的都是好心人，终于安全到家了。

一家人站在哥嫂家门前，孩子们怯生生地不敢进，程氏也迟疑着。她知道，从此就要在这里过寄人篱下的生活了。

她一个女人家，又带着三个孩子，处处要小心翼翼，安分守己。但即便生活再悲苦，也要委曲求全，把孩子养活，寄人篱下总比颠沛流离要强。自己没有手艺，又没有钱，两眼一抹黑就是个睁眼瞎，只能依靠哥嫂度日，这也是情非得已。住在哥嫂家，肯定要看人脸色，过日子磕磕碰碰只能隐忍。虽然哥哥对她这个小妹不错，可终归是嫂子当家。想到这里，一股悲凉涌上心头，但回头看着身后的儿女，咬咬牙，含泪推开了哥嫂家的大门。

哥哥见了这风尘仆仆的一家人，先是惊愕，再是一脸心疼："妹子来了？还没吃晚饭吧？"程氏点点头，大滴的泪珠一点点往下掉，一个字也说不出来。

"别哭妹子，以后这里就是你的家。"

哥哥心疼地扶着妹妹在堂前坐下。三个孩子乖巧地围在母亲身边。

哥哥转身对老婆说："还在这愣着干吗？还不给妹子弄点吃的？"

"你说得倒轻巧，好像有粮似的——家里早就没米了，只剩下番薯。"嫂子白了一眼丈夫，没好气地说着。

程氏听了，脑袋嗡的一声；从进得门来，嫂子那里，所有的只是惊愕，仿佛他们娘儿四个是过境的蝗虫。

她抹抹眼泪，赶紧起身："我们来得匆忙，难为嫂子了。我去厨房烧点番薯汤吧，能在哥哥这儿喝上汤、混饱肚子就很感谢了。"

她到厨房烧起了水，大女儿懂事地在灶前帮母亲添柴。程氏洗了两个番薯，切成小块，下到锅里。

锅灶上蒸腾着白色的水汽，飘到人脸上，像风在舔她的眼泪。

"妈妈，我饿。"

"乖孩子，等会儿，番薯要熟了才好吃，妈先给你盛碗汤喝。"

程氏盛了一碗汤给儿子，这只是一碗水，但甜甜的有番薯味儿，喝到胃里好舒服。

澍德一口气把汤喝了个精光，他实在是太饿了。

孩子们围在锅灶前，静静地等着吃番薯，眼睛不停地四处打量着这个新家。灶盖不停地冒着热气，熟，是需要时间的。

终于好了，程氏给每个孩子盛了一碗，自己这碗只有很小的几块。她想，明天得去田里挖点野菜，再捉点泥鳅与螺蛳回来。想把日子过下去，自己得勤快点，把孩子拉扯大，这才是当务之急。

十岁丧母，勤奋自学

程氏清楚，一下子来了四张嘴巴，哥哥本来负担就够重的，他们自己也还有孩子，也难怪嫂子不高兴。哥哥对她这个妹子和他的外甥们都不错；可嫂子并不待见她这个小姑子，经常冷嘲热讽、指桑骂槐。她心里不舒服，也只能闷在心里，在哥哥面前还要强颜欢笑——自己儿女还小，还要依靠着哥哥。

程氏带着女儿，在哥哥家门前平整了土地，种上了南瓜、冬瓜、青菜、土豆、番薯、玉米，这样掺着粮食吃，还能勉强度日。

平日里，程氏带着两个女儿帮着嫂子操持家务。本是两家人，却要在同一口锅里搅马勺，必然会磕磕碰碰，但日子就这样一天天地挨过去了，澍德也一天天地长大了。

　　澍德六岁了，他想上学了。白天，他看见村里同龄的人去了学堂，想起了父亲临终前嘱咐他的话。他自己也喜欢读书，书里的文字对他而言有一种天然的亲近感。

　　晚上，一大家子围坐在一起吃晚饭。澍德想跟舅舅说读书的事，但话到嘴边几次，又和着饭菜咽了下去。他已经不小了，看得出眉眼高低。

　　舅妈在饭桌前抱怨："家里又快没粮了，手上又没钱买粮食。这么多人要吃饭，这日子没法过了！"

　　舅舅想回怼过去，叹口气又闭上了嘴。老婆说的都是实情，怪自己一个男人没能耐，让老婆和妹妹跟着自己受苦。

　　看哥哥这么为难，程氏心里很不是滋味。她不愿意拖累哥哥，但她又没有能力离开。一个女人家又带着三个孩子，没有收入，在外面怎么生活？她只能不停地讨好嫂子，说好话，默默分担着家务，不让嫂子累着，不让孩子受委屈，小心翼翼地、苟且地活着。

　　晚上睡觉前，澍德悄悄地跟母亲说了心里话："妈妈，我想读书。"

　　"妈妈也想让你读书，可妈妈没有钱啊。妈妈明天带你去学堂，咱们借书回来看好吗？"

听说明天会去学堂，澍德笑了。舅舅家穷，没有能力供他读书，能借到书看也不错，至少能识字了。

程氏牵着澍德的小手到了村里唯一的学堂。程氏认识这里的教书先生——他仰慕程先生的书法，曾经找程先生求过字。她想，只是跟这位先生借书，大概能办得到。

学堂外，程氏领着儿子等先生放学；学堂内，书声朗朗，学童们正在读的正是《三字经》。澍德对这个再熟悉不过了，不由自主地跟着背诵起来。

学堂里的先生被墙外的背诵声吸引，从窗口探出半个身子。他疑惑地看着那个在背诵的孩子，又疑惑地看看孩子身后那个面容清秀的少妇，感到似曾相识："您不是闽县的……程夫人吗？"

教书先生从门内走出来："程夫人，您这是——带孩子来上学？"

程氏涨红了脸，小声地说道："我丈夫去世了，我带着孩子住在哥嫂家。这是我的小儿子澍德。他想读书，可我们交不起学费……就想问问先生，能不能跟您借书，让孩子自学？"

先生很惊讶："是这样啊？这孩子是块读书的料，《三字经》背得这么好——我在教的孩子都背不全。这样吧，我这里的书让他带回去抄，抄好了再还给我。抄好了估计字也就认识了，不认识的字可以来问我。"

程氏感激不已："那太谢谢先生了。澍德，过来谢谢先生。"

澍德高兴地跳了起来，上前给先生行了个大礼。

先生拿了本《三字经》给他，又给他一支毛笔和一叠纸："你们困难，我就不收你们钱了。只要把书读好，别辜负了我的一片苦心就好。"

"谢谢先生，我一定好好学。"澍德一脸认真。先生慈祥地朝澍德笑笑，他相信自己的眼光，这孩子聪慧，将来一定是个可造之才。

从此，澍德潜心下来读书、抄书，把学堂里的书几乎都抄遍了。教书先生看澍德这么用功，也格外器重他，就让澍德在教室后面站着旁听，不收学费；唯一要求就是下课后打扫完卫生才能回家。

澍德很珍惜先生给他的读书机会，无论刮风下雨都会早早来到学堂，把先生的讲台擦得干干净净，恭敬地站在教室后面听讲。先生难得碰见这么聪慧好学的孩子，喜欢得不得了。

中午，母亲来给澍德送饭，先生见送来的都是素菜，也会往澍德碗里放块红烧肉，这让失怙的澍德感受到了父亲般的疼爱。他暗下决心，绝不辜负先生的良苦用心，一定要读好书，考取功名，报答先生师。

生活就这么平静地又过了四年。

岁月安好，但人在负重。程氏病倒了。长期的操劳和衣食不周，加上思念亡夫的悲苦、忍辱负重的郁闷，令程氏一病不起。

请了郎中，郎中也摇头，他悄悄地把程氏哥嫂拉到屋外："病得不轻，先开一服药吃吃看。吃了有用，病还有救，吃了无用，也就这两天的时间了。"

"先别管吃药有没有用，有没有钱抓药呢？"程氏的嫂子快言快语，但是说的确实是实话。

舅舅、舅妈与郎中的对话，澍德的大姐隔窗听得真切。她急忙跑回母亲卧室，拿起母亲的首饰盒就往堂前跑。

母亲在身后喊她："你这是干吗？这是给澍德准备读书的钱。"

"妈妈，性命要紧，顾不了这么多了。"

大女儿从首饰盒里找了个耳环交给舅妈："把这个当了，先给我妈抓药吃了再说。"

舅妈接过耳环匆匆出了门，不一会儿就回来了，手上拎了一包药，还有一升米。

入夜，程氏喝过女儿煎好的药，脸上有了点红晕。她坐起来，让大女儿把舅舅、舅妈喊来。程氏抬头看了下，一边是自己的三个孩子，另一边是自己的哥哥嫂子："哥哥，我们来这儿几年，承蒙哥哥照顾。大女儿已经十六岁了，小女儿也十四岁了，都快到出嫁的年纪，拜托哥哥给找两个好人家。澍德喜欢读书，就让他读下去，拜托了。"

两个女儿与澍德已经哭成一团，哥哥也哭："妹子，郎中说这服药吃下去你会好的。你的孩子就是我的孩子，我一定会照顾好他们的。"

程氏转过头对嫂子说："孩子小不懂事，你就多担待些，拜托你了。"

嫂子感到平时亏待了小姑子，现在见她病重也有点内疚，流着泪说："妹子，别说伤心话，你会好起来的。"

程氏摇摇头："我这病，怕是熬不过去了。我最放心不下的还是澍德。他才十岁，喜欢读书又没钱读书。如果我走了，拜托嫂子想想办法，借也得借些书让他读。他这块读书的好材料，就真的拜托你了，别耽误了孩子。"

嫂子含泪点点头："妹子你放心吧，我会照顾好他的。"

托付了后事，程氏稍感安慰，她想着儿子未来若学业有成定能有一番作为，不由得长舒了一口气，但马上就感觉气接不上来，拼命喘着粗气。

"妈妈，你怎么了？"大女儿忧心忡忡地问。

"我先躺会儿。"程氏说。

"妹子别担心，郎中说了，这服药吃下去会好的。"嫂子安慰。

程氏请哥嫂回去先睡，留两个女儿照顾自己。

夜深了。

澍德毕竟年纪小，歪在大姐怀里睡着了。大女儿没有一点睡意，她已经没了父亲，不能再失去母亲，她多么希望母亲的病能好起来啊，她已经长大了，可弟弟还小。

她多么想念儿时的时光啊，那时父母都年轻，他们姐弟仨能在自家的大院子里无忧无虑地调皮。可是，人又必须身不由己地长大，生活的苦啊，早就让她长大了。突然，她听到母亲在唤她："孩子啊，妈是真不行了……你记得，出嫁后也要照顾弟弟。你弟弟要读书，多借书给他看。"

"妈妈，你的病会好的，你不能丢下我们不管啊……"大女儿放声大哭，声音惊醒了澍德，也吵醒了舅舅、舅妈。他们披着衣服跑到程氏床前，只见程氏无比留恋地看着哥哥与她的三个孩子，目光最后停留在澍德身上，闭上了眼睛。

"妹子……"

"妈妈……"

程氏永远闭上了眼睛，再也听不到澍德叫妈妈的呼喊声了。

澍德妈妈的后事由舅舅操办。办丧事要银两，可哪还有钱呢？舅舅硬着头皮找到了程氏祠堂的族长。最后，由程氏祠堂出面，先借了银两把程氏发送，葬在她夫君的墓旁。

办丧事欠程氏祠堂的十块大洋，最后还是澍德考上秀才后才还上。

姐姐出嫁，考取童生

三岁时，父亲没了；十岁时，母亲又走了。这对小澍德，又是一次沉痛的打击。不管是父亲还是母亲，临终前留给他的遗训都是一个意思——好好读书，读好书考取功名才是立身之本。

澍德散学回来早了，路过厨房，听见舅舅和舅妈在聊他们姐弟仨。

"三个孩子年纪这么小就没了妈，怪可怜的，今后可怎么办？"舅舅担心地说。

"怎么办？天无绝人之路，她两个女儿都到了出嫁的年纪，找个婆家嫁出去，有个归宿也算对得起你妹子了。再说了，我们自家儿子娶媳妇也要花钱，你的钱从哪儿来？只有先收到那两个丫头的彩礼，我们才能娶得起媳妇。嘿，将来澍德啊，还是个负担。"

澍德气恼，想进去跟舅妈分辩。可转念一想，她说的也是实情。生活就是这么现实，所以不能怪别人太现实。澍德暗暗下定决心，今后一定要考取功名，不用舅舅、舅妈养活，要靠自己娶媳妇。

母亲去世后，澍德还是到村里学堂去旁听。

先生问澍德："你母亲不在了，你打算怎么办？"

澍德想起过世的母亲，忍不住泪眼婆娑："我想读书，考取功名。"

"孩子，你有这个志向很好。好好用功，读熟了'四书五经'，参加乡试，争取考上童生。"

先生还告诉澍德："'四书''五经'要读深读透，多写八股文。等火候差不多了，回到闽县去考。县试要有四名村里人和一名秀才保举，方有参加考试的资格。这只有程家祠堂的族长帮忙才能做到。所以，你还是要回到闽县去考。每年二月，先由闽县知县主持县试，连考五场。通过后再由知府官员主持府试，在四月举行，连考三场。通过县试、府试的才能称为'童生'。这只是第一步，以后再考秀才、考进士。这条考试之路很难，很多人一辈子都在起点打转。我十年寒窗，也只考上了童生，连秀才都没能考上，希望你能超过我。"

澍德听了先生一番肺腑之言，才知道读书之路并不平坦。可是哪怕再难，他也决心咬牙坚持下去，一定要考上童生。

从此，澍德更加用功了，无论酷暑严寒，他都风雨无阻，天天到学堂听讲。他知道自己读书的机会来之不易，先生能不收学费收留自己，已经是天大的恩泽了。他不能辜负先生对自己的厚望，也为了自己争气，为了将来不再寄人篱下。

又过了两年，两个姐姐要出嫁了。

媒婆来提亲，探问大姐和二姐的姓名及生日时辰，说要回去"合八字"。

媒婆说得眉飞色舞，提到给大姐找的女婿，她说："小伙子家境一般，可他姐姐嫁得好啊，经常接济娘家。这次听说弟弟提亲，也是姐姐给安排的礼物……"

舅妈眉开眼笑地接过礼物，巴不得大姐马上嫁过去。

大姐的亲事定下了，二姐的八字也和男方合过了。舅妈这个时候是最忙的人，她的脑袋里早打好了算盘，跟媒婆讨价还价，讲定两个姐姐的聘礼：都是一根金条、一副金耳环、一条金项链。而这些收来的聘礼，刚好给舅妈家大儿子下聘礼用，还有结余可以粉刷新房。

　　舅妈打算把澍德他们一家住的房间腾出来，粉刷一下给儿子做新房："两个丫头出嫁了，只剩澍德一个就好安排了，在柴房里搭张床嘛……"

　　舅舅觉得老婆做事过分了："柴房四面透风还漏雨，怎么好住人？就在客厅走廊上搭个起早铺，白天收起来，晚上搭上去，至少这里能避风雨嘛。"

　　澍德知道，自己寄人篱下，翅膀硬不起来，只能先委曲求全。把书读好，考上功名了，才能自己做主不依靠别人。澍德内心里真不想姐姐们出嫁，在这个世界上，他最亲的人就是姐姐。虽然穷苦，但两个姐姐对自己爱护有加，只要有吃的，首先想到的是他。有姐姐呵护的日子，澍德是幸福的。可现在姐姐要出嫁了，身边少了最亲近的人，他不免有些惆怅。

　　终于到了大姐的良辰吉日。

　　新郎骑着马，披红挂彩，来舅舅家迎接新娘。

　　这一天大姐打扮得好漂亮。舅妈给大姐梳好头，用丝线绞去脸上的绒毛开好脸。大姐一身大红袄裙，穿上绣花鞋，蒙上红盖头，等待迎亲的花轿。

　　眼看大姐的脚迈进花轿，澍德鼻子一酸，眼泪不由自主地流了下来。

"大姐……"澍德哽咽得说不出话来。

姐姐挑开盖头，泪眼婆娑地将手伸向弟弟："好好读书，缺什么来找姐姐，你一定要考取功名啊。"澍德使劲点着头，眼看姐姐的花轿渐行渐远。

大姐夫家不算富裕，但婚礼上该有排场的地方还是一样不少。媒婆给新人铺婚床，先铺上床褥、床单及龙凤被，再撒上各式喜果，有红枣、桂圆、荔枝干、红豆、绿豆。一切准备就绪，鞭炮声和唢呐声响起，花轿停在新郎家的堂屋门前。伴娘上前掀起轿帘，将新娘搀下来，宾客们将红、黄各色纸屑向新郎、新娘身上撒。媒婆赶紧出来，引导着新郎、伴娘、花轿、乐队、礼盒队鱼贯而入。来贺喜的人群围了里三层外三层，都来看新娘子的风采。

结婚典礼开始，香案上香烟缭绕、红烛高燃，新郎、新娘一拜天地，二拜高堂，夫妻对拜，送入洞房。

婚房里，新郎揭开盖头，这时双方才看清对方的脸，这辈子注定要共同生活的人的脸。让大姐欣慰的是，对方看上去还不错，浓眉大眼，高挺的鼻梁——人看上去还算憨厚。

新郎也满心欢喜——原来是个美人坯了，姣好的瓜子脸，会说话的眼睛宛如清澈的湖水，透出一股纯真与善良，白皙的肌肤上，淡淡的腮红映衬出她羞涩的笑容，仿佛春天里绽放的花朵，让人心生欢喜。这两个原本陌生的人，就这样走进了对方的生活。

大姐前脚出了门，二姐后脚也跟着嫁了出去；再之后，舅舅家的大儿子也娶了媳妇进门。日子像织布机上的飞梭，去是白天，来是黑夜。

转眼间，澍德十七岁了，没有了两个姐姐陪伴，他整日沉默寡言，一早草草喝碗稀饭就到学堂听课，打扫完教室坐在教室里抄书。姐姐在的时候，中午会给澍德带来饼、馒头或番薯，炒上一碗素菜，不会让弟弟饿着；现在姐姐出嫁了，再没人送饭给他吃了，澍德就从舅妈家随便带点什么，如果没什么可带的就只好饿着肚子。

先生看澍德可怜，从自己的饭菜里匀出一点给澍德吃。澍德推辞，先生对澍德说："人是铁，饭是钢，吃了饭才有力气读书。下个月就要考试了，这个月底你就回闽县吧。老家老屋还在，有程家祠堂族长为你做主，好好争口气，考上童生。"

澍德含泪点点头，谢过先生。他心中有个志愿，一定要考上童生，再也不要过寄人篱下的日子了。

　　月底，澍德向舅舅、舅妈辞行，回老家闽县去考童生。舅妈给他摊了两张大饼，舅舅又给他拿了一串铜钱："澍德，为程家争口气，自己照顾好自己。"澍德的心里一阵感激，虽然舅妈有时候说话刻薄，但不管怎么说还是一家人。父亲去世后，全靠舅舅和舅妈收留了他们一家。他含泪告别两位长辈。他要回闽县去，三岁的时候他从那儿离开，现在他要回去了。

　　程氏祠堂里，族长看着澍德愣了一下，他想不起来眼前的年轻人是谁家的孩子。

　　"我是程澍德啊，族长，我是您的学生啊！"

　　澍德报出自己的名字，族长拍拍脑袋笑了，这是自己收过的学生啊，他的名字还是自己取的呢！这么多年没见，如今澍德长成了一个英俊少年，都认不出了。

　　他问澍德："你家的老屋还在，你这次回来有什么打算？"

　　澍德告诉族长，自己这次回来想要长住，先考童生，如果考上了，打算一路考上去。

　　族长拍拍澍德的肩膀，他相信这孩子一定行。

　　他告诉澍德："需要四名村里人和一名秀才作保，这

件事由我来做。你只管用功读书、准备考试。吃饭就到
程氏祠堂来吃，祠堂有什么就吃什么。"

澍德郑重地谢过族长："我会一门心思把书读好，
争取考取功名，这样才对得起死去的父母与帮助过我的
人。"母亲为他找了个好老师——有了族长照顾，就没有
了后顾之忧。

二月，由闽县知县主持的县试开考了。

澍德随着应考的人流走进考场。一排排考舍一律朝
南排开，长的一排可以容纳百名考生，短的一排也有
五六十间，院子中央有一个大水缸，是供考生饮水用
的。考试时间很长，开考后号舍就上锁了，所以考生们
只能自带干粮充饥。澍德的干粮是程氏祠堂特地为他准
备的大饼。

第一场考试是八股文，是从"四书"里选择材料来
出题的，澍德因为准备充分，按照教书先生所说把"四
书""五经"吃深吃透，感觉还不错。第二场考试是官
场应用文，内容是上下往来的公义，都是根据案例撰写
司法判文。这一场考试下来，澍德感觉自己的知识面不
够，应答有点吃力。这第二场考试，让澍德对法学产生
了浓厚的兴趣。他觉得法学是一门深不可测的学问，值

得去挖掘、去研究。第三场考试是策问，要求考生对当前涉及国计民生的问题给出对策和办法。这场考试让澍德忐忑不安，他不知道自己有没有答对。这几年只知道埋头读书，很少关心国家大事。看来，学问不光是识字读书，还要研究当下社会，有自己的思想与自己独到的见解。

三场考试下来，澍德有一种奇妙的感觉。他感觉空虚又充实，好像胸腹之间郁结多年的一团气全部吐了出去，同时又有什么新鲜的东西补充了进来。

熟识的人都来问他考得怎么样，他自己也忐忑不安，毕竟这是他人生中的第一次考试，他自认为考得还好，但山外有山，也许自己闭门造车的学问在别人眼里根本不值一提呢？

只有族长看出了他的心思："小子，别担心，你没问题。这只是个小水洼，养不了你这条大鱼。来日方长，你这条鱼是要成龙的啊。"

离发榜的日子还有好多天，澍德感觉度日如年。担心是不可避免的，毕竟这是他"闭关"十几年后，接受的第一次考核。但患得患失最折磨人，特别是要面对很多乡亲的询问。他索性深居简出，每天除了一日三餐到程氏祠堂搭伙，其余时间都把自己关在老宅里温书。无论结果如何，功课是一日也不能荒废的。

程氏祠堂里，族长和澍德对坐在一张方桌前。刚下过雨，祠堂的天井里湿漉漉的。

方桌上一碟青菜、一碟豆腐、一碟腊肉，每人面前一碗大米饭。

腊肉是族长吩咐厨房给他加的，老人家看他最近心神不宁，特意约他出来聊聊："你不用紧张，考得过的。你这次考试叫童子试，考试合格了就是'童生'，才有资格去考秀才。考中了秀才，又要通过岁试、科试，才有资格参加乡试。科试在乡试之前，也可以说是乡试的预考。通过科试的秀才被允许参加乡试。如果科试没有通过叫'落海'，落海者还有一次补考的机会，被称为'考遗才'。科举这条路啊，说崎岖也崎岖，说通达也通达——有的人考了一辈子也只是个老'童生'，有的人年纪轻轻就金榜题名。有人说这是命，其实未必，恐怕一半靠的是天资，一半靠的是发奋呢。"

发榜的日子到了，程澍德与其他考生一起，约着去县城看榜。

听说今天发榜，两个姐姐也早早来到闽县。姐弟三个一起挤到榜单前，逐字看下去。

"姐姐，我考上童生了。"澍德指着榜单上"程澍德"三个字，跳着跟两个姐姐抱在一起，兴奋之情溢于言表。

"澍德，你好好读书，有什么难处跟大姐说。"大姐关切地和弟弟说。

"姐姐，我想多找些书来读，闽县这里能看的书已经不多了。"

"你姐夫的姐姐认识不少藏书家，我问问她，看能不能借点书来给你读。"

"那太好了。"

"好！二姐也支持你，缺银子花告诉姐姐。"二姐从包袱里拿出一件长衫和一双布鞋，"弟弟，想穿什么跟姐姐说，这都是姐姐自己织的布，自己做的鞋。虽然你姐夫也穷，但决不会让弟弟你挨冻。"

澍德的眼睛湿润了，有两个姐姐陪在身边，夫复何求？他暗暗下定决心，一定要考上秀才，不辜负两个姐姐的厚望。

刻苦自学，考取秀才

　　澍德考上童生，村里最高兴的就是族长了。村里考上童生和秀才的人不多，这也算是给程氏家族增光添彩了。族长在村里逢人就说："澍德这孩子有望能考取秀才，希望大家帮衬帮衬，考上了是我们闽县的荣光，也是我们程家的脸面。"

　　一天，族长给澍德借来一本书，澍德接过一看，是颜真卿的书法临帖——这可是与赵孟頫、柳公权、欧阳询并称为"楷书四大家"之一的书法大家啊！澍德惊喜地问："族长，这本临帖从哪儿借来的？"

　　"给你做保举的程秀才那儿借来的。你要考秀才，书法是门面，一手好字让主考官看得舒服会加分不少呢。"

　　"谢谢族长。"澍德起身给族长作了个揖。

族长语重心长地对澍德说："孩子，你已考上童生，以后还要去考秀才。考上秀才，朝廷就有膳食供应，吃喝就不用愁了。将来还要拔贡，入县学、府学。虽然秀才还不能出仕做官，但你只要考中秀才便可免差役了，这辈子就不用下田劳作了。所以，还是老话说得好啊，'万般皆下品，唯有读书高'。你父母不在了，师父就是你最亲近的长辈，好好读书吧，澍德。"

听了族长发自内心的一席话，澍德深受感动，心里暗暗下定决心要用功苦读，不管今后的路多么难，一定要坚持读下去。

可怎么去考秀才，澍德心里没底，总得找个人来指点。

澍德问族长："不知道程秀才当年考秀才时考了哪些文章，我想去拜会一下程秀才，取取经，借些考试的书来看。"

"这好办，回头我和程秀才打个招呼，带你上门拜访他。"

第二天，族长带澍德登门拜访程秀才。族长知道澍德拿不出钱买礼物，可拜访人家又不能空着手上门，就拿了一只自家养的小公鸡。

　　程秀才穿着盘领长衫，头戴方巾，脚蹬长靴，国字脸，嘴角挂着一抹微笑，气宇轩昂，一表人才。看到族长捎来的礼物，他连忙推辞："哎呀，让族长您亲自屈驾光临寒舍，有失远迎啊——这怎么好意思收礼啊，快拿回去吧。"

　　族长坚持："那怎么行，这是孩子的一点儿心意，你就收下吧。"

　　程秀才打量打量澍德，笑着朝他拱拱手，也就不再推辞了。

　　宾主坐定，族长说明来意。程秀才这才仔细地审视族长身边的澍德，点了点头。

　　澍德的脸轮廓分明，线条硬朗，浓眉之下的那双澄澈的眼睛里透着一股坚毅。程秀才对澍德的第一印象很好。程秀才随意说了两句"四书五经"里的句子，澍德立马就能接上来下句。程秀才赞许地点了下头，对族长说："这孩子肯用功，考秀才有望。"

　　程秀才的秀才，是好不容易才考上的。他深有感触地说："读书人都想考中秀才，只有先考中秀才，才能一步步考举人、考进士，进入仕途。秀才每个县都有名额的，我们闽县大约只有十个，想考上不容易，很多人考到头发都白了还是未能如愿。考秀才有五次考试，每次都要拿第一。当年的洪秀全，就考上了县试的第一名，最后一场因为没能考取头名而与秀才失之交臂。我能有幸考上秀才，已经知足了，考进士——那就太难了，希望我们闽县能出一个进士。"

族长说："程秀才，你考中秀才，那是我们程家祠堂的荣耀。我们程家子弟考秀才，都要仰仗你的保举呀！这次来，主要是为了澍德考秀才的事。这孩子父母双亡，但肯用功，家贫交不起学费，主要靠自学。希望程秀才指点下，考哪些内容，需要做哪些准备，好有的放矢。"

程秀才稍微想了一下，说："感谢族长抬举我——秀才一定要通过院试，《三字经》《百家姓》《千字文》《圣谕广训》这些书都要烂熟于心。'四书五经'要全部都背熟，因为考试命题都出自'四书五经'，如果背不下，连题目出自何处都不知道，又怎么能作出文章来呢？另外，还要写得一手好字，各级考试中只能用楷书，童生考秀才本身就是书法作品的比拼。澍德你那里已经有了颜真卿的书法临帖，我再借你《百家姓》《千字文》《圣谕广训》。这些都是我考秀才时用过的书，你回家可以边抄边背，抄过了，脑子也就印进去了，抄完了再还给我。《圣谕广训》这本书很重要，要一字不差地默写出来。你要吃得起读书的苦，待到'四书五经'背得滚瓜烂熟，字练得如同法帖一样，便可以去角逐秀才的名位了。"

澍德连连点头，起身给程秀才作了个揖。

族长听得目瞪口呆："考秀才这么难，也难怪程家子弟考上的屈指可数。"

澍德谢过程秀才，与族长离开了程秀才的家。从此以后，澍德披星戴月，用功抄书与背诵。他知道族长与程秀才帮他也只能帮到这里，读书还是要靠自己，只有自己能成全自己。考上秀才就不用再寄人篱下了，再难再穷也要把书读下去。

农历二月，闽县张贴榜文公示，闽县考生都要到县衙报名，去领取一张报名表。

澍德带了二姐为他准备的干粮，一路风尘到了县衙。闽县县衙坐北朝南，大堂中间悬挂着"闽县正堂"的金字大匾，再上面是"明镜高悬"金字匾额。大堂前甬道的两侧，东为吏、户、礼房，西为兵、刑、工房；大堂东边为县丞衙，西边为主簿衙。

澍德找到礼房。礼房差役给了他一张表，让他回去填写个人姓名、籍贯、年龄，以及家庭关系。同时，还要交付同考五人相互担保的条约和本乡秀才做担保的证明书。表格上要明确保证不是替考且身世清白，不是倡优皂隶的子孙，不是父母去世27个月内来参考。

交完表格后，就是等待考试了。在这备考的日子里，澍德更加夜以继日地发奋读书，他知道，他的人生在此一搏。

终于到了正式考试的日子。考试时用的桌椅要自己带，大姐从夫家为澍德搬来了桌椅，二姐为弟弟按官方要求做了一套衣帽。

县试由知县大人主持，考点位于县衙大堂。考试分五场，每场都是天未亮点名，日出开始答题，日落必须交卷。试题为四书文、试帖诗、经论、律赋等，并默写《圣谕广训》百余字。

每场考试都是淘汰赛，及格者方能参加下一场，到第五场时人数就已经很少了。县试规定，在考场上坐定之后，不许乱动，每一排都有考官监视。最痛苦的当数大小便问题，每个人的座位下有一个小瓦盆，小便就尿在里面。县衙发的试卷是十几页的红格子宣纸，每页十四列，每列十八字。考试所用试卷不是免费提供的，按规定要收白银三分，也就是0.03两。参加考试的考生需要有秀才做担保，也是要支付担保费的，好在程秀才看在族长的面子上没收澍德银子。此外，还有桌凳费等杂费，以及付给胥吏的银两——这些费用都是两个姐姐为澍德凑齐的。这次考秀才分五场，前四场考八股文，最后一场考古诗赋。

澍德考前准备得刻苦，考试的文章辞赋做得还算得心应手。好不容易考完，之后又是一段时间的煎熬和等待。

到了发榜的日子，澍德与两个姐姐焦急地等待在闽县县衙门前。

名单像车轮子一样一圈圈写出来，人们把这种公布方法叫"轮榜"。县试第一名"案首"在榜文的最上方正中，而那个最明显的地方，出现了"程澍德"三个字。

澍德不敢相信自己的眼睛，有些发愣，但两个姐姐已经高兴得替他喊了出来："弟弟，你考上第一名了，可以参加府试了。"

消息传到族长与程秀才这里，二人都为澍德高兴——这可是闽县"案首"啊，只要保持下去，秀才有望啊。

过两个月后便是府试了，也就是农历四月，还有两个月时间。

程秀才特地找到澍德告诉他："五场考试最好名次保持在第一名，那样就很稳了，可以直接被录取为秀才。你从家里出去参加府试，交通、吃饭、住客栈都得花钱。一场考下来，少说也要三四两银子。许多人考到五十岁才考上秀才，原因无它，就是一直在存钱，钱够了才去考试。"

"啊？一亩地的地租是一钱银子，这岂不是考一次要几亩地的收入？"

澍德从内心感谢程秀才，他感谢地点点头，心头却布满了阴影，这短短两个月让他到哪里去筹这三四两银子呢？两个姐姐已经为澍德付出了不少，再向姐姐借实在不好意思，而且也未必拿得出这么多。

澍德脸上愁云密布。程秀才不忍心看孩子这么为难，告诉澍德："闽县县城里租书铺子有抄书工可做，每页的工价是一文钱，抄一本八股册子能得500文钱。现在1000到1500文铜钱可以换一两银子，你只要抄完六本八股册子就够考试开销了。"

澍德心里一亮，赶紧给程秀才作了揖，这可真是雪中送炭呐。抄书可是他从小就做过来的功课，这活计信手拈来，对他而言不算辛苦。既能温书，又可以自食其力，不再给姐姐们添麻烦，可谓一举两得。

澍德兴冲冲地找到闽县县城里的租书铺子。

这家租书铺就在县城街道旁的木板壁结构的老式平房里，屋内木板钉制的简易书架倚墙而立，一个连着一个。三面墙壁连同中间隔出的两面矮小墙壁，全被简易书架占据。泛黄发黑的书架上，一本本书斜倚在木格子里。这家租书铺里的书就像一块块磁石，吸引着无数的看客。租书铺常常人满为患——那时大多数人都买不起书，喜欢看书的人只好到这里租书看。

澍德说明来意，店家喜出望外。抄书是件辛苦工作，读书人一般都家境殷实，不会来做这个活儿，可不是读书人又干不来这个活儿，所以很缺人手。现在有人来做，店家正是求之不得。店家给澍德拿了一本八股册子，让他回家抄写。

等待府试的两个月里，澍德废寝忘食地抄写八股册子，手酸了起身在屋子里走动一下，过一会儿又回到桌前继续抄书。一个半月，抄了六本册子，澍德从租书铺子拿到了自己辛苦赚来的三两银子——这是去福州参加府试的全部盘缠。还剩半个月时间，澍德起早贪黑背书练字，为府试冲刺做准备。

福州府试，府城内专门修了考场，主考官就是知府。府试的考试形式和内容与县试大同小异，只不过是换了考场和主考官而已。府试特别严格，考生除了需要一名秀才担保之外，还要由所在闽县的教谕再派一名担保人。澍德去考场点名，要由学政和这两名担保人共同确认他的身份，还要带上准考证。准考证上会详细记载个人信息。点完名后，澍德才可拿到专门的票据到派卷的地方领卷子。试卷右上角会糊住名字加盖印章，卷面写有考生的名字浮签，交卷时考生可自行揭掉。

府试考试难度更大了，其中最让人犯难的就是：出题人会将"四书五经"原文的某一段文章的上下句各截取几个字凑成一道作文题，断章取义给考生挖坑，考生一不小心就会中招。府试难，是因为秀才录取是有规定名额的，大抵是大县二十多名、中县十几名、小县六七名，府学和州学也不过是三十几名。因而，考秀才真如同千军万马过独木桥，难度可想而知，许多人考到白发苍苍还是一无所获。

到了府试，保人加了一名，保人自然是需要答谢的。大姐知道弟弟囊中羞涩，就包了 200 文钱送给保人。考场可以带吃的，但不能带水。考场里面一壶热水要 40 文，而在考场外只要两文就够了。大姐知道弟弟肯定不会买热水喝，就从自家桑树上摘了不少桑葚，洗干净装在一个小木桶里，这样，弟弟口渴了就能吃上几粒生津。

接下来的考试，澍德的名字始终名列前茅，稳坐第一名。看到榜上自己的名字，澍德百感交集，几年来所有的辛苦终于有了回报。

姐姐牵线，结识申焯

澍德考上秀才，舅舅、舅妈第一时间跑到闽县程家祠堂来给澍德道喜，因为当时朝廷有政策，秀才可免除赋税，这对舅舅家来说可是一件天大的好事啊。舅妈给澍德带来亲手做的一件衣衫、一双布鞋，对澍德满脸堆笑，再没有了以前那副冷若冰霜的嫌弃样儿，讨好似的对澍德问长问短。舅妈的心思澍德是再清楚不过了，人情就是这么现实，所谓"穷在闹市无人问，富在深山有远亲"。但无论如何，是舅舅、舅妈收留了他们这一家人。舅舅是亲舅舅，对澍德算是有情有义；舅妈刻薄了一点，也是情有可原的。毕竟，父母过世后，长辈也就舅舅和舅妈了。

澍德考上了秀才，按规矩要给谢师礼，这笔钱也有行情，最少要 500 文，最多不会超过二两。族长与程秀才替澍德打算，让他缓缓再给谢师礼，毕竟他手头拮据也没有银子可送。因为已经考上了秀才，收入多少总还是有点儿的：以后乡里乡亲的婚丧嫁娶，都要请秀才主持，红包是少不了的。秀才想继续读书，每年官府会有一定的银两补贴。虽然秀才被人称为穷书生，但养活自己是绝对没有问题的。

秀才在当时村民眼里已不是一般人了，是可以和县官说得上话的人。秀才也会被列为朝廷的培养对象，将来是有机会做官的。更重要的是，秀才还起着上情下达、下情上报的作用，是朝廷联系村民的桥梁和纽带，所以秀才在乡村的地位是很高的。

那时正值清末，科举制度比较完善了，一个读书人参加科举考试，都要经过考秀才、考举人、考贡士、考进士。考中秀才就算是有了功名，没有考中的就是童生。对澍德来说，他这个年纪考上秀才摘掉童生帽，已经算是出类拔萃了。

澍德心气很高，他想继续读书考上去，可自己囊中羞涩买不起书。闽县是个小地方，有些书根本就借不到也抄不到，要考举人没有书怎么行呢？澍德记得大姐说过，姐夫的姐姐认识不少藏书家。澍德打算亲自去一趟姐姐家，求姐夫帮忙借书。

第二天澍德起了个大早，第一次去姐夫家总要带点什么表示下心意。澍德掂量着花了100文钱买了点福建桂圆，带上礼品去往福州。

这条路，十几年前他和母亲、姐姐们一起走过，那时他才三岁。如今，母亲不在了，姐姐们出嫁了，只剩下他孤零零一个人。风景还是那个风景，可早已是物是人非。澍德走在路上，百感交集。回想当年，母亲抱着他，大姐背着他，一路风尘去福州投亲。路过村上的大槐树，他想起母亲在这儿讨水喝的情景，不由黯然神伤。

时过境迁，路还是那条路，人也还是那个人，只不过那时的他还需要背着、抱着，如今的他，五十里路，几个时辰就到了。

第一次登姐夫家的门，他多少有点儿紧张。

大姐听说弟弟上门来了，急忙跑到门外迎接。

澍德跟大姐说明来意："姐姐，你不是说姐夫的姐姐认识福建的藏书家吗？我想托姐夫帮忙问问，能不能借些书回去抄。我准备考举人。"

大姐看他带了东西上门，一通埋怨："姐姐一定帮你，还带啥桂圆来呢？自己家人别瞎花钱。这样吧，你这次来就在姐姐这儿多住些日子。你姐夫也认识不少读书人，多借点书来看看，总能学到点东西——晚上你姐夫回来，我问他。"

入夜，大姐与姐夫说起弟弟澍德的事。姐夫想了下说："我姐姐阿芳认识藏书家申焯，等姐姐端午节回娘家时，让她给澍德引见一下。明天，我先从朋友那儿借些需要的书给澍德抄，等姐姐阿芳回来了再想办法。"

几天后，姐夫借来了《论语》《诗经》《左传》，澍德一看如获至宝，废寝忘食地沉醉在书本里，抄书、读书是澍德在大姐家做的最主要的事。

转眼就到了端午节，按福州习俗，嫁出去的女儿要回娘家。由女婿陪着，挑上粽子、绿豆、糕点和米酒等礼物来娘家看望父母。

澍德大姐的姑姐阿芳回娘家来了。

客厅里，一位漂亮少妇打扮华丽，穿着粉红色袍子，显得庄重而典雅。阿芳忙着拜父母、分礼物，大家一起热热闹闹、乱乱哄哄。

等阿芳跟大家寒暄完了，澍德大姐郑重其事地跟姑姐道了个万福："姐姐回来了，妹妹有一事相求。"

阿芳赶紧还礼："妹妹你不用这样，都是自己人，有什么难处尽管说。"

澍德大姐把弟弟的情况跟姑姐讲了个大概："姐姐，我弟弟考中了秀才，想继续考举人，又苦于手上无书。听丈夫说姐姐认识藏书家申焯，能不能把澍德引见给他认识？"

阿芳说："妹妹你放心，你弟弟不就是我弟弟？等我回去后和申焯约好，亲自带澍德去申焯府上拜访他。申焯是个爱才的人，弟弟这么有才华，申焯一定会喜欢他的。"

端午节过后没多久，阿芳派家丁带信来，让澍德上她夫家去，她要带澍德去拜见藏书家申焯。大姐特意挑了一件姐夫的长衫给澍德换上，又给澍德准备了带过去的礼物。

到了阿芳的婆家，澍德看见门口停了两辆黄包车，家丁也已经挑着礼品在等候。

澍德心里大乱，自己这点事，还要人家破费银子，实在不好意思。正不知怎么办才好，阿芳从门里出来，催促他赶紧上车："澍德，快点，申焯先生很忙的，今天得空见你，机会难得，别磨磨蹭蹭了。"

坐进车里，澍德还是感到不安："阿芳姐姐，让你这么破费真不好意思，不知道怎么感谢你。"

"一家人不说两家话，你不也是我弟弟？弟弟考上了举人，我也跟着沾光啊！"澍德被阿芳的话逗得一笑，放松了下来。

黄包车一前一后，载着姐弟俩来到申焯的府邸。宅子很大，有前后两个大园子。家丁把阿芳与澍德引到客厅，婢女送上茶水。客厅外传来一阵笑声，申焯从内屋走了出来。阿芳与澍德连忙起身，向主人作揖问安。澍德注意看了下主人，是一个稳重老练的人，国字脸、浓眉毛，眼睛里相当有神采。

从内心讲，澍德见申焯的第一面就有好感，仅凭他的貌相就知是个善良之辈。

阿芳直接把来意挑明了："申先生，这是我弟媳家的弟弟，才考中了秀才，想再继续考举人，苦于手中无书，想跟先生借些书回去，抄完奉还，不知方便不方便？"

听她这么一说，申焯来了兴致，站起身来走到澍德身边，问道："原来是程秀才，失敬了。请问这次考秀才，县里是第几名？"

"回先生，县里是'案首'。"

申焯眼睛不由一亮："哦？那你读了几年私塾？"

这时阿芳插话了："这孩子争气，十岁丧母，没上过一天私塾，全靠自学。这几天住在我娘家，我弟弟借来的书全被他抄完了。申先生，知道您这里书多，我才带他过来。希望您借些书给他，成全他考取举人。"

申焯早就在打量身边的这个小伙子。这孩子眉目清秀、五官端正，是个聪明俊朗的人物。申焯越看越喜欢，于是说："我这儿的藏书可不少，带回去抄又费时费力，程秀才不嫌弃的话，就在舍下小住几日。我也准备考举人，不如一起学习，一起参详，互相取长补短，不知程秀才意下如何？"

阿芳喜出望外，赶紧帮澍德答应下来："呀！那简直太好了，澍德还不赶紧谢谢申先生，带你来借书，还真是找对地方了。我这就回家了，澍德你就留在这儿陪着申先生好好读书吧！"

阿芳嘱咐了澍德几句，就告辞回去了。送走客人，申焯拉着澍德说："来来来，我带你看下我这儿的藏书楼。"

这是一幢砖木结构的二层小楼，古雅风韵，环境幽静，是个读书的好地方。澍德跟着主人走进楼里，不由得眼花缭乱——这里的藏书太丰富了，可以想象申焯家境有多殷实。

　　楼里收藏的书籍，有不少都算绝世孤本、私家秘本，还有某些不能面世的禁书，以及珍稀手抄本，让澍德爱不释手、流连忘返。

　　澍德在楼里看书，有人在楼外看他。

　　申焯的女儿申娣敏，从客厅旁边的侧房偷偷跟到藏书楼。刚刚在客厅外边，她偷听到父亲与澍德的谈话。这年轻人不但一表人才，而且绝顶聪明——没有上过一天私塾却能考取秀才。要知道，多少富家子弟私塾求学，花下重金都没能考取秀才。澍德这样的才子，在整个八闽之地也找不出几个来呀！

喜结连理，高中举人

申娣敏是申焯最喜欢的女儿。在那个时代，大多数人遵循的还是"女子无才便是德"的古训；即便是得风气之先的士绅人家，也仅限于让女子识几个字、能算个账目就可以了。相比较下，申焯思想开明得就有点超前了。

他认为，既然读书可以明理，可以明德，那么，即便从最务实的角度看，女子识文断字除了可以提升女德和才情，也有助于相夫教子、治家理财，有益无损，又何乐而不为？

申娣敏天生聪慧，从小好学上进，让父亲申焯很是欣慰。娣敏受父亲影响，也喜欢读书，家里的普通藏书娣敏大多都读过，藏书楼里的书也读了不少。到了发蒙的年纪，她央求父亲让她去学堂，可在那个时代，即便开明如申焯，也不会放任闺阁里的女儿到外面去抛头露面。抵不过女儿的苦缠，申焯就花重金礼聘家塾，请先生在家专门教授自己的女儿。

当时私塾的教材，都是《三字经》《百家姓》《千家诗》《千字文》，以及《女儿经》《教儿经》《童蒙须知》。家塾先生觉得娣敏接受能力强，就又教了"四书五经"和《古文观止》。

娣敏上午听家塾先生讲授，中午练字，下午温习功课。正如她名字里的那个"敏"字，娣敏敏而好学，凡是老师规定朗读的书，她全部能一字不落地背出来。家塾看娣敏学有余力，又教了《左传》《战国策》《史记》等古文习作。因为娣敏是女孩，先生又教了《女诫》《内训》《女论语》《女范捷录》。

申焯在书房看书，娣敏悄悄地走了进来。

"爸爸，听说福建女子师范学校在招生，有一个小教班，我想去读书。"

福建女子师范学校，当时在福州很有名，校长王眉寿是陈宝琛的夫人。陈家是榕城望族，陈宝琛兄弟六人，三个中进士，三个中举人，是名扬江南的"六子科甲"。王眉寿则是"夫门生天子，弟天子门生"，是福州最有排场的第一家庭。王眉寿相夫教子，努力发展福州的教育事业。清光绪三十二年（1906年），她在福州的光禄坊玉尺山房创办了"福建女子师范学校"，招收女生60人，自任监督。王眉寿当时被誉称"范之师"，是福州第一个实践办学的女子。能在这样的学校读书，是多少有志女子向往的事情。以申焯自家的财力，供女儿读书绝对是没问题的。

申焯看着女儿志在必得的样子，不忍拂逆了爱女："咱们有言在先，可以去上，前提是你得考得上才行！"

娣敏高兴地跳了起来："爸爸真好！"她撒娇地抱了下父亲，蹦蹦跳跳离开了父亲的书房。

申娣敏参加了福建女子师范学校招生考试，成绩在众多报考的女子中名列前茅，顺理成章地被录取，成为福建女子师范学校的首届学生。

那天，父亲留下秀才程澍德，相邀他一起伴读考举人，娣敏不由得对这个年轻人多看了几眼。她相信父亲的识人能力，这个程秀才一定是个才华横溢的人，否则自视甚高的父亲不会执意留下他。

自从程澍德来了家里，娣敏就很少能见到父亲的面了。这一老一少两个人不是关在书房就是躲在藏书楼，一待就是一整天，连饭菜都是让婢女送上去的。刚开始只说让程澍德小住几日，可是不知不觉一晃已经好几个月了。娣敏常常偷偷跟人打趣："这二位倒像是一家子，弄得我们倒成了外人。"

澍德也不好意思再住下去，几次提出想借些书回家去看。毕竟时间太久了，怎好一直在人家里白吃白住？

申焯却一再挽留："值什么？房子就立在这儿，没人住不也是空着？饭菜又能值几个钱，我自己不也要吃饭？你就权当是我的陪读，陪读也是要付银子的嘛，这么算来，我还省了不少钱呢！"

主人坚持，澍德也就不好推辞，关键是他也舍不得离开那一楼的藏书。

申焯又给澍德拿来几件簇新的衣衫："都是以前做的，现在发福了穿不上喽。你要是不来，还真就没有合适的人来穿它们，扔了岂不可惜？"

实际上，这些衣服，是他特地请来裁缝，估摸着澍德的身材给他做的，申焯怕澍德又要推辞，只好随口扯谎。澍德是聪明人，自然知道是申焯的一番好意，也不好说破，只能接受下来。两人关系融洽，他们的共同目标，就是考取举人。

一天，申焯让婢女去找娣敏："叫小姐来书房见我，有要紧的事问她。"

　　娣敏听说是"要紧事"，一路上忐忑不安，回想自己是不是有什么过失。没承想不是她做了什么错事，而是她要有"喜事"。

　　"敏儿，你也老大不小了，也该嫁人了。"娣敏万万没想到父亲会提起自己的婚事，脸一下子红到了耳根。

　　"这位程秀才程澍德啊，我这段时间跟他接触下来，觉得这孩子不一般——胸有大志，人品端正，才华横溢，绝对是个不可多得的人才。你父亲我坐拥这一楼的藏书，读的书也不算少了，还不及他的学问。小伙子又一表人才，相貌堂堂，可称佳婿。相信父亲的眼光，他必定前途无量，你若嫁给了他，是不会吃苦的。"父亲说完，眼睛直盯着女儿，等她的反应。

　　申焯是个开明的家长，女儿不愿意，他是不会强迫女儿婚嫁的。他的女儿这么优秀，又是第一批福建女子师范学校的学生，绝对是不愁嫁的。

　　娣敏眼眸低垂，嘴角带着浅笑："全凭父亲做主。"

　　申焯笑了，女儿愿意，这事就成了一半了。

这天，申焯与澍德在书房温书。

澍德问申焯："先生，你考了好几次举人了，我想听听你的心得。"

申焯长叹一声，自嘲地说："可谓一言难尽。失败者能有什么心得可言？乡试一共分三场，每场考三天——这你是知道的。我那年，第一场考的是《论语》，感觉不算太难，《中庸》和《孟子》只要熟读，问题也不是很大，再就是五言八韵诗一首。第四天考五经文。第九天考五道策问。九天时间，吃喝拉撒睡全在考棚里，外面有兵丁严加看守。考试题目"四书五经"里有四篇，建言献策有五篇。四十个字的小诗一首。总体感觉，只要有文学功底都能答出来。我考完感觉还行，不知道为什么就又名落孙山了。"

澍德郑重地说："先生有所不知，考试譬如行军，知己知彼，才能取胜。当朝的考试办法经常改，但万变不离其宗。咱们想考取功名，就该按图索骥研究考试办法，有的放矢才能有所斩获。"

澍德的一番话，惊得申焯目瞪口呆，这么多年只知道研究诗书了，还真没认真研究过怎么考试："愿闻高论。"

澍德点了下头，继续说道："聊斋先生蒲松龄，才华可谓出众，他19岁开始科考，辛辛苦苦、反反复复地考了44年，竟然连一个举人也没考上。直到71岁时，才补了一个'岁贡生'。蒲公48岁时应考，文思压不住，只顾写得痛快，结果字数超了规定而落榜。科举考试试卷有严格的要求，要中规中矩，该写满的一定要写满，不能多也不能少，更不能涂改，也不能在试卷外写字。考八股文不允许自由发挥，字数有严格的规定，不能超过550字，超过了试卷就作废，根本不能被录取。试卷中的文字不能逆反朝廷、不能讥讽时政，如果越界就不只是落榜的事了。"

申焯不由得点点头，这些问题他不是没考虑过，只是不曾像这个年轻人一样，总结得那么透彻和全面。年纪轻轻，真是后生可畏啊！

不知不觉到了晌午，婢女给两人送来饭菜。

吃饭时，申焯装作漫不经心地问道："问你个事，你舅妈给你提亲了没？"

程澍德一脸认真地回道："没有，我也没打算让舅舅、舅妈操心我的婚事。操办婚事需要银子，我准备自己做主。"

申焯赞许地点点头，这个有志气的孩子，怎能便宜给他人为婿？

申焯试探地问澍德："小女刚从福建女子师范学校毕业……"

澍德诚惶诚恐："小姐乃富家千金、大家闺秀，我一介穷书生，怎……怎敢高攀？"

既然话已经挑明了，申焯这边就没什么可顾忌的了，他极力撮合澍德和娣敏。不是他自矜，娣敏配上澍德，真可谓珠联璧合呢。

可无论怎么说，澍德就是不敢答应——太突然了，一点心理准备都没有。谁又能想到，借书会变成"借住"，而借住又要变成"长住"？幸福有时也会是意外，它来得那么猝不及防，让人不知所措。

澍德再三地谦逊和推脱，让申焯多少有些愠怒。他急啊，不是怕自己丢了面子，是怕丢了这个好女婿："你你你……这是什么意思？是看不上小女，还是嫌弃我这个岳丈？"

澍德哑然失笑，申焯先生性情中人，快言快语，是真心想促成这桩婚事啊，那就不能再推辞了："哪里，哪里，令爱下嫁于我，澍德实属三生有幸，哪里还有拒绝之理？只是在下如今穷书生一个，实在无力婚娶。澍德父母过世得早，一直在舅父家寄食，小姐嫁过来，岂不是明珠暗投？况且，婚姻大事，小子一个人也做不了主。父母不在了，于情于理也得先禀明舅父和两个姐姐……"

这就算答应了啊。

申焯眉开眼笑："那都好说，都好说，哈哈。莫欺少年穷，别看你现在家贫无依，我料你早晚会出人头地！不然，怎么会舍得把女儿托付给你？再退一步，就算你今后事业不顺，就凭你的学识和人品，也值得小女托付一生。至于婚礼的用度，不用你操心，有我这个家长在，不会让你难堪，也不会让小女委屈，老夫我一力操办！至于你舅舅那边，自然要禀明，这是礼法所在。但一定要说明，婚姻一切用度，全由我这边来操持，请他们不用破费——人家接受令尊临终托孤，这些年照顾你们一家，已实属不易；两位姐姐已经出嫁了，就更不能再麻烦人家。你在我这里几个月了，总是要走，我实在是舍不得，哈哈！如今我放你回去，你回去禀明家长，赶紧张罗媒人，上门提亲！"

这桩婚事，就这么成了。澍德得了如花美眷，娣敏得了如意郎君，申焯得了东床快婿，皆大欢喜！

申焯嫁女，轰动了整个福州城。

一边是富家女，一边是穷书生，可任谁说都是那么般配——穷书生上进，富家女贤惠，这天作之合居然是嫁女的申老爷一力促成的。眼高于顶的申老爷亲点的姑爷，那必然是乘龙快婿啊！

过嫁妆的当天，人们像看社火一样排在路的两边：申焯嫁女，自然不是一般的讲究，红木橱柜、大漆家具、衣物首饰、金银珠翠、花几、桌椅、木桶、被褥、瓷器、首饰、布匹等，大到生活用具，小至针头线脑，一应俱全。一路蜿蜿蜒蜒宛若彩龙，浩浩荡荡、流光溢彩，所谓十里红妆也。

新房就在申府。花轿沿着福州城转了一圈儿，又回到府上。新人行了夫妻大礼，又拜过高堂，小夫妻入了洞房。

程澍德在洞房花烛之夜，遇到了他的真爱申娣敏。婚前，娣敏见过他，他没见过娣敏。但他相信，申老爷的女儿，又能考上福建女子师范学校，才情必定不一般。此时此刻，程澍德像所有那时候的新郎一样，心中只有一件事，那就是急切地想看看自己伴侣的模样。

他轻轻地掀开盖头，盖头下一张月亮般皎洁的脸，正含羞浅笑地看着他。程澍德的心跳漏了一拍，所谓如花美眷，也就是如此了。澍德顿时觉得，这桩婚事自己不单是在家世上高攀了，即便从相貌人才上论，自己也是高攀了啊。娶妻若此，夫复何求？娣敏也满心欢喜，她眼前的新郎，刚喝过了酒，恍恍的醉意之中，更显得与平日不同，自有一种不羁的潇洒。如意郎君，也就是他了。

从此，澍德读书又多了一个伴侣。娣敏知道程澍德喜欢深夜攻书，便会贴心地给他送来热茶和点心；她知道澍德喜欢在书房里写文章，便会静静地为他铺纸磨墨。澍德同申娣敏一起的时光，"绣榻闲时，并吹红雨；雕阑曲处，同倚斜阳"，夫妻相敬如宾，如胶似漆。澍德暗下决心，一定要考取举人，给娣敏一个好的生活，不辜负她对自己的深情。

申焯与澍德已经是秀才了，具备了考举人的资格。

乡试三年一次，乡试合格的人就被称为举人。举人的名额各省不同，大省100名左右，中省70名到80名，小省40名到50名。考上了举人，就算是"体制内"的人了，从此会被人们称为老爷。举人有俸禄，所在地的官员都会给银子，自然还会有人自动送银子、送房屋，自愿做牛当马、做奴做仆。举人即使不当官，也能和县官平起平坐。这也是那个时代的人们热衷于科举考试的原因，所谓"朝为田舍郎，暮登天子堂"，一步脱离苦海，一步登天。但这登天的一步，可着实不容易。

喜得爱女，赴鹿鸣宴

  澍德做了申焯的女婿，有种心安的感觉。和岳丈相处下来，澍德感受到了久已缺失的父爱。

  生活所需的一切，岳父都为他们安排得妥妥当当，参加举人考试所需的开销自然也不在话下。娣敏贤惠，很懂他读书的辛苦，她从藏书楼找来了不少范文，把其中精彩的片段抄下来给澍德看。澍德把这些句子整理出来，与岳父一块探讨学习。申家的藏书楼，是他知识的大海。在这海里，他的知识丰富起来，视野开阔起来，羽翼也丰满起来，预备好成就为垂天之翅，击水二千里。

  深夜，澍德在书房里读书。

  娣敏轻轻地走过来，给夫君端来桂圆鸡蛋，满眼都是欢喜："相公，我有喜了，有两个月了！"

"啊？我要做爸爸了？"澍德放下纸笔，高兴地亲吻着自己的爱妻。娣敏温柔地倚在澍德的身上，任他把脸贴在自己肚皮上。

娣敏幸福地笑着："相公，你说是男孩还是女孩呢？"

"我喜欢男孩，程家应该有香火——我喜欢小孩子，越多越好。"

"相公喜欢男孩子，我喜欢女孩子。只要相公愿意，我会给你生很多很多孩子，让你有爷爷做，也有外公做，好吗？"

"当然好啊，谁不想儿孙满堂？"澍德满眼疼爱地看着爱妻，"以后孩子从大到小，老大以后生的孩子，乳名就叫小二子、小三子、小四子、小五子、小六子、小七子、小八子……"

娣敏点点头，能生到小几子呢？

怀胎十月，娣敏要临盆了。

这可是申家的头等大事，申焯花重金请来了福州最好的接生婆。

娣敏躺在床上痛苦地呻吟着，疼痛让她原本俊俏的脸变了样。接生婆穿着洋缎的袄裤，扎着裤脚儿，头上戴着一朵大红花。这位稳婆在福州接生过无数个孩子，可算经验老到，一进门就立即吩咐婢女去烧热水。

申焯与澍德不能进产房，只能在客厅里焦急地来回踱步，不时地派婢女进去打探消息。

剪刀、蜡烛、热水、毛巾、草木灰，这是当时接生装备的标配。剪刀用来剪脐带；蜡烛是给剪刀消毒用的；水烧开杀菌，凉至温热用来清洁；草木灰则用来止血。这些简陋的材料，是传承几千年的经验，居然保障了这个民族的生息繁衍。

接生婆不断地给娣敏打气："用力……先憋气，用力……大口呼气——宝宝的头已经看见了……"

终于，一记嘹亮的哭声传到了客厅。申焯与澍德快步走到产房外。

申焯拉着婢女焦急地问："小姐怎么样？"

婢女回答："接生顺利，母女平安。"

澍德稍稍有些失望，他太想要个男孩了。但他没有料到的是，这第一个女孩却是程家最有出息的。未来，她成了我国第一代女教授，一生从事教育和学术研究。她就是我国著名的《诗经》研究专家程君英。

接生婆把婴儿递到申娣敏枕边："快看看，小姐多漂亮。"娣敏侧过身去，露出了微笑，这千辛万苦生下的女儿，太像她了。

申焯拿出一两银子赏给了接生婆。接生婆接过银子千恩万谢："申老爷，给太多了。三天后给孩子'洗三朝'，你就别再给赏钱了。我祝小姐一切顺利！"接一次生，一般就是几百文的赏钱，申老爷出手就是一两，确实多出不少。

"那怎么行？辛苦钱还是要给的。"申焯说道。

洗三朝，就是在出生的第三天，给婴儿洗澡。

程君英生下的第三天，申府上下热闹非凡，亲朋好友都来了。申焯出手也大方，给每个宾客都准备了一份礼物。申焯满面春风地站在堂前，他现在升级做外公了，他的爱女做了母亲，自己相中的女婿做了父亲，乃是人生一大喜事也。

澍德的舅舅、舅妈也来了，带来了自己家乡的土货。

舅妈对澍德说："外甥媳妇生孩子，还是自己人服侍尽心。我留下来服侍外甥媳妇——你妈坐月子就是我服侍的，有经验。"

澍德点头称是，反正妻子坐月子也要找人帮忙，自己舅妈还可以更放心。澍德明白舅妈的算盘——来申府做事可以挣工钱，家里也可以少一个吃饭的。

妻子生下孩子，大事已了，又有舅妈帮衬带着，申焯与澍德翁婿俩一门心思放在了读书上面，日日挑灯夜战，发奋读书，志在必得。

乡试的地点就在福州的贡院，从贡院走出的举人就是"头顶知县，脚踏教官"的人物。中了举人也就意味着一只脚已经踏入仕途，日后即使会试不中也可以享受当朝政策、优厚待遇，受到人们尊重，有当学官、当主簿、升知县的机会。只要你中了举人，就不用再纳粮交税，并且马上会有人来"投现"，把他的土地挂靠到你的名下用以避税。所以，澍德舅妈对澍德显出前所未有的热心，尽心尽力地带着澍德的女儿——靠上澍德这棵大树，一家人就可以衣食无忧了。

考试这天，翁婿二人半夜三更起床，坐着轿子摸黑赶着时辰去考场。

福州的贡院称为"至公堂"，坐北朝南，厚重的砖石外墙结构，蓝瓦翘檐的屋架，显得庄重古朴而大气。来赶考的秀才黑压压的一片，每人提着一个灯笼，上面写着考生自己的名字。天渐渐放亮，赶考的秀才鱼贯而入。

举人乡试分为三场，内容是八股文、试帖诗、表、判、论、策等。为了防止作弊，试卷要由专人誊写后才交给考官。科举考试范围、答题格式、答题用语等均有严格规定，尤其是答题用语，必须模仿古人语气，即"代圣贤立言"，不允许自我发挥。乡试考中者统称为"举人"。第一名称"解元"，第二名称"亚元"，第三、四、五名称"经魁"，第六名称"亚魁"。考上举人就获得了做官的资格，还可参加次年在京师举行的会试。

离张榜还有些日子，程澍德有了爱妻与爱女陪在身边，日子过得倒也轻快。相比他这个"安乐"女婿，岳父申焯反而感觉心神不定，做什么都提不起精神。既盼着考试结果早日出来，却又担心自己再度落榜，实在是一种煎熬。

金秋九月，丹桂飘香，终于放榜了。申焯早早叫家丁备好轿子，抬着翁婿二人赶到巡抚衙门。衙门前人头攒动，来看张榜的人除了秀才本人还有秀才的家人。可喜的是，翁婿两人均榜上有名，程澍德还考了第二名，也就是"亚元"。翁婿两人兴奋无比，这可是申府的荣光啊。申焯更是心情激动，多年考试榜上无名，有了女婿陪读才梦想成真。他庆幸自己眼光独到，不但为女儿找到了幸福，还给自己在仕途上找到了好运。翁婿双双中举，一时传为佳话。

乡试放榜次日，翁婿两人被官府通知，参加知府主持的鹿鸣宴。鹿鸣宴是乡试后为新科举人设的宴会。之所以取名"鹿鸣"，是因为"鹿"与"禄"谐音，新科举人乃是入"禄"之始，成为举人，便是踏入了上层士绅的行列。

福州督府衙门前张灯结彩，礼乐之声不绝于耳。新科举人鱼贯而入，他们笑容满面，兴奋不已。这是举人们的高光时刻，也是他们踏入仕途的第一步。

申焯与程澍德来得稍晚了一些。此时，不少举人已经到达，三三两两地聚在一起交流着。对于众举人来说，鹿鸣宴是一个重要的社交场所，这里的同年们都是十分重要的人脉资源。作为新科"亚元"，程澍德自然是焦点所在。众举人纷纷向他道贺，程澍德也不停地向别人作揖还礼。最高兴的就是申焯了——这个女婿是他找的，自然脸上增光不少。

申焯春风得意，督府也上前道贺："申兄，恭喜啊，翁婿双双高中，可喜可贺啊！"

闻言，申焯脸上露出几分陶醉的笑容，说道："多谢！今后还要仰仗大人提携啊！"

督府笑着回道："那是自然。"

正说着，耳边传来衙役们的一声声呼喊，厅堂内顿时鸦雀无声，新科举人们连忙停止交流躬身以待，丝竹管弦也停止吹奏。

在诸多官员的簇拥之下，本次乡试的主考官迈步前来，他向着众人道喜："今日我与各位同赴盛宴，一来恭贺诸位榜上有名，二来预祝各位来年会试再传捷报。当今天子圣德贤明，正值建功立业之世，望诸位为我福州出力。"

众举人闻言，连忙纷纷躬身应道："谢大人教诲！"

众人依礼分席而坐，一人一席，按照录取名次依次排序，程澍德是新科"亚元"，坐在了主考官们的下首。

鹿鸣宴开始，主考官端起酒樽说道："诸位满饮此杯，祝各位前程似锦！"

众举人纷纷端起案前酒樽应道："谢大人赐宴！"

寒窗苦读数载，一朝名列桂榜，在场的众举人无不兴高采烈、意气风发。乡试录取的举人足足有一百人，而到场的不过六七十人，主要是因为乡试从考完到放榜历时长达半个多月，不少贫寒的秀才负担不起省城的资费，考完之后便匆匆归乡而无缘鹿鸣宴。而对程澍德来说，有岳父的财力支持，将来在仕途上他再也不用为缺银子而发愁了。

　　程澍德感觉眼前一片光明，他看到前途正在向他招手，他向往着更高的平台去施展自己的才华。吃了太多的苦，能有今天的成就，他感觉已对得起自己的双亲——他没有辜负他们的希望，今天他能坐在鹿鸣宴上，就是对父母的在天之灵最好的告慰。

东文预科，留学日本

翁婿双双高中举人，申府上下张灯结彩。申焯打算等待官府任命，走为官之道；而澍德却有自己的想法。

娣敏抱着君英来到书房，把女儿递给澍德："你看，女儿对你笑了。"

尽管澍德重男轻女，可对女儿还是相当疼爱的，这毕竟是他的第一个孩子，他忍不住亲了下自己女儿的小脸。

"夫君，你有什么打算？"娣敏把女儿抱回自己的手上。

澍德沉吟了一下，郑重地说："我没打算为官。家里现在也不缺钱。听说朝廷有培育留学人才的计划，我想试试去国外读书，学成回国报效国家。"

"可你打算去哪个学堂呢？"

"福州东文学堂，听说那里教日语，有机会到日本去留学，学费也不是很贵——不知爸会不会同意？"

"我想爸会同意的，只要爸能负担得起。"娣敏知道丈夫志向远大，她也相信丈夫的眼光和选择。

申焯听说女婿想到国外留学，举双手赞成。出国读书要花钱，但他申焯出得起这个钱，他也看好自己的女婿。女婿年纪轻轻想留洋深造是件好事，学成归来在朝廷谋个一官半职，他这个岳父脸上也有光。钱对申焯来说已不是个事，而申家需要有人在朝廷做官，这才是申家的脸面与荣耀。

福州东文学堂，是在清末戊戌变法期间成立的。1896 年，福州有维新思想的士绅们东渡日本考察，希望能够学习先进技术，使国家强大起来。他们与同样有维新思想的前内阁学士陈宝琛等人接洽，向他们讲述日本经过明治维新后三十年的快速发展。他们想开办以学习日文为主的"福州东文学堂"，培养自己的人才。共同的理念令他们一拍即合。

1897 年，陈宝琛等人一起筹办福州东文学堂。这所以维新思想为主题的新型学校，于 1898 年 9 月正式挂牌成立，并于 1898 年 9 月 6 日举行了开学典礼。

东文学堂的办学经费主要来自官绅的捐款和学生的束脩金，所收学费很低，这也是程澍德选择这个学堂的一个重要理由——虽然考上举人后朝廷会有银两给他，但出国读书还得依靠岳父。自己的妻子女儿都在申府生活，开销也大，澍德也不想让岳父太为难。选择东文学堂，能学到知识、留学日本，花费也在岳父能承受的范围之内，这是两全其美的事。

澍德打听到，东文学堂招收 15 岁到 30 岁的童生、监生、附生等有一定文字基础的人员，学堂仿照日本中学，设立预习科和本科。预习科修业年限一年，主习日本语言文字。东文学堂规定，成绩优良的学生毕业后，或送出洋深造，或在科考中免府试县试。学堂效法上海南洋公学，从招生、教师聘用、教学到生活指导，制定了一套较严密的规章制度，力求按近代教育模式培养新型人才，并力图唤起商界对教育的重视，为以后福建新式学校的创建开拓新路。澍德感觉，东文学堂办学理念比较适合自己，希望自己能进入学堂深造。

1901 年，东文学堂增设了翻译专修科和速成科。1902 年又开设政治科，除日语外还教授法制、经济等课程；东文教习由日本人担任，汉文和算数由中国人教授。

程澍德此时已是举人，这是他求学路上的敲门砖。他决定亲自跑一趟学堂，拜会一下学校的维新思想绅士陈宝琛，这样更容易被录取。

听说女婿要去拜见陈宝琛，申焯特意替女婿准备了一份厚礼。陈宝琛是诗书世家，是福州有名的"六子科甲"，申焯就把自己珍藏多年的精品书让女婿带去作为进见之礼。陈宝琛家世显赫，对于财钱不会太看重，但对珍本图书一定会喜欢。

程澍德带上岳父为自己准备的礼物，去东文学堂拜见陈宝琛。

陈宝琛也是福建闽县人，他出身于一个士大夫世家，曾祖父陈若霖，进士出身，翰林院庶吉士，做过刑部尚书；祖父陈景亮中进士后，官至云南布政使；父亲陈承裘，也是进士出身，担任过刑部主事；他本人20岁时中进士，先后由翰林院提拔为内阁学士、礼部侍郎，后辞职归闽，从事教育事业。1903年，他创办全闽师范学堂，并任监督达七年之久，为闽省的教育事业发展做出了贡献。

程澍德拜见陈宝琛，初衷是能就读东文学堂，让程澍德没想到的是，此次一见，两人从此成了莫逆之交。

在苍霞精舍之西的福州东文学堂，澍德见到了陈宝琛。甫一见面，澍德就被他的一身正气吸引住了。

陈宝琛的身上散发着一种文人墨客的儒雅，虽然不苟言笑，但对人却不失真诚。他眼光深邃犀利、举止沉着稳重、言谈果断坚毅，显示出他近乎完美的个人修养。他为官清廉、忧国忧民、刚正不阿，以及矢志于教育兴邦、实业救国的精神深深感染了程澍德。交谈中，陈宝琛也对眼前这个小老乡青眼有加，程澍德思维敏捷，有自己独特的见解，是棵读书的好苗子。

这一年，程澍德被东文学堂预习科录取，学制一年。在学校历次的考试中，程澍德的成绩总是最优，这不由让陈宝琛颔首称赞。他认定程澍德是个可造之材，将来一定前途无量。

学满一年后，程澍德这批学子东渡日本去留学，程澍德学的是政法专业——东文学堂成就了他迈向理想的第一步。

为洋进士，得洋翰林

1901 年，清廷宣布科举改制；1905 年，科举制度被彻底废除。在此期间，清朝共举行了两次会试，即癸卯科与甲辰恩科，总共产生了 588 名进士。这两科的乡试、会试将"中国政治史事论""各国政治艺学策""四书义、五经义"分别列为三场考试的内容，无论是文体还是知识，对于长久浸淫于旧的科举体系的读书人而言，几乎都是全新的。

程澍德从东文学堂至日本留学，一年后回国，被朝廷授予法政科进士。当时，进士的地位在各科之首，考取进士是所有功名的尽头。进士，顾名思义，进阶为士，获得了士的地位，就有机会被国家征辟任命为官员了。

程澍德被授予法政科进士时，正处于清末洋务运动时期。洋务运动前后经历了30多年时间。通过学习西方先进的科技，改变清政府的落后面貌，是洋务派发起留学运动的最初目的。在这个背景下，程澍德从东文学堂毕业后留学日本，他就是这批运动的受益者。

清廷对留洋归来的学生按文凭赐予进士出身或授予官职，因此也被称为"洋进士"；而在清朝只要是进士，就可以直接进入翰林院供职，领一份工资，所以"洋进士"顺理成章会成为"洋翰林"。翰林院里的官员的品级虽然不是很高，也就在正七品上下，但翰林院是个读书人聚集的地方，也是这个群体中地位最高的人的聚集地。这样一个地方，说它是国家的人才储备库一点也不为过，很多官员的任命都出自翰林院。翰林院中不光有致力于文学之士，还有喜欢评论朝政的人士，因此容易获得参政议政的机会，有机会获得皇帝的赏识和倚重，从而一飞冲天。所以，翰林院是科举时代读书人的人生理想之地。

福州，申府迎来了三喜临门，府内上上下下欢喜异常，张灯结彩。

一喜是程澍德从日本留学归来，被朝廷授予法政科进士，是实打实的"洋翰林"。进翰林院，这是几乎所有读书人向往的事情，申家女婿做到了，这是申府最有面子、最扬眉吐气的事。二喜是申府添丁，程澍德迎来了自己第一个儿子程志骐。三喜是岳父申焯也接了到朝廷任命，将要赴安徽黟县任知县。

翁婿双双被朝廷任用，对申家来说是件光宗耀祖的大好事。尽管福州离安徽、北京千里迢迢，翁婿二人还是准备前去赴任。

临行前，申府宴请了当时福州、闽县有名望的人士。凡是来赴宴的贵宾都觉得被申家宴请是一件荣耀的事，并不是谁都能有这种幸运的。

清晨的第一抹阳光洒到申府朱漆雕花的大门上，再慢慢移到两侧威武雄壮的石狮子上。申焯与程澍德满面春风地迎候在申府大门口，迎接前来道喜的各位宾客。

这一天，高朋满座，热闹非凡。娣敏更是喜上眉梢，现在有女有儿，夫君又进了翰林院，在朝廷拿俸禄，足够一家人过上富裕的生活；而父亲也被授了官职——女人做到了这个份儿上已经心满意足了。申娣敏虽然生过孩子，但身材保持得不错，一件紫色长袄，绣着五色的花样，更衬得人白净了许多。她头上的首饰并不繁多，发髻正中那一件赤金镶百宝的牡丹，足够夺人眼目，两边再配上白玉掩鬓，雅致而不失雍容。手臂露出的一对玉镯，式样虽简单，却白得温润如脂，可见价值不菲。

这一天是申娣敏最开心的一天，也是最风光的一天，她现在已不是一般的妇人，而是有朝廷诰命的孺人。清朝命妇的礼服也缀有补子，补子所绣图案依丈夫官职的品级而定。而丈夫的着装正是清朝官吏的官服，冬天戴暖帽，夏天戴凉帽。福州这个地方，又有几个男人有官服穿？这更显得程澍德出类拔萃。

清代福州官场，请客办家宴都是请厨师到家里料理酒宴，有的干脆把厨师留下来，专门为他们服务。申府也不例外，有自己的家厨。这一晚，家厨做了18道菜，其中有传统的太平燕、牛奶根炖猪脚、清蒸龙胆鱼、蒜蓉鲍鱼蒸粉丝，另外还有时蔬炒牛肉丝、炒豆苗和茶树菇炖鸭子。福州人请客最离不开的就是太平燕了。太平燕用的鱼丸一般由鲨鱼肉或者鳗鱼肉加工而成，里面包裹着猪肉馅，咬一口鲜嫩多汁；太平燕的皮由里脊肉和地瓜粉制成，很有韧劲，久煮不烂；而鸭蛋按福州方言是"压乱"的意思，所以这道汤寓意很好，祝愿来宾事事如意。

入夜，宾客散去，申府里大红灯笼高悬，喜气仍飘扬在空气中。

程澍德与申娣敏在卧室内相拥而卧。夜色如水,澍德拥着娣敏,似乎有很多话要跟爱妻说:"等我在京城安顿好了,再接你和孩子过来;爸要到安徽黟县任职了,这段时间,家里就全靠你了。"

"放心去吧,家里有我呢,记得写书信回来——如果有机会转到福州任职那是最好了,孩子都还小,拖儿带女去北京,实在是不方便。"

"好,一定找机会回来任职,我也不想离开你。"

"福建出省有三条路,你和爸准备走哪条路?"

"走水路要坐船,虽然可以坐到顺风船,但还是要花银子的;走陆路也不省钱,还要住客栈——看爸怎么说。"

这一晚是小两口最销魂的一夜。两人心里都明白,澍德这次去北京任职,不知道要到什么时候才能再相聚。娣敏和所有女人一样,担心自己没守在夫君身边,丈夫会找个小妾来排遣寂寞。

申娣敏几次欲言又止,只能试探着问夫君:"相公,你这次去北京,没人服侍你,你怎么办呢?"

澍德是个聪明人,听出了妻子的弦外之音:"放心,我自己服侍自己,除了你,我谁都不要。"

听到丈夫给自己的承诺,娣敏感到分外幸福,她相信丈夫的人品，但更愿意在上面加一层保证。事实上，程澍德也确实兑现了对妻子的承诺。按当时的社会风气，丈夫纳妾名正言顺，作为原配只能默默承受。程澍德能洁身自好，完成对妻子的许诺，非常难能可贵。

当时，福建出省有三条路。第一条，经福州府前往延平府，由延平府再往东北坐船经浦城进入浙江边界，这儿有个山口：霞岭；再由此进入浙江，这条路是进京必经之水路，沿途设有驿站。第二条，从延平府往西北方向走，经过崇安，在与江西的交界处有个山口：分水关；由此进入江西，这条路是一条进京之陆路。第三条，邵武府杉关以及汀州与江西瑞金之间的驿路。

申焯决定走水路，走水路比较轻松，所花银子也不会比走陆路多多少。娣敏为父亲和丈夫各自准备了路上的换洗衣物和银两，送翁婿二人去赴任。

申焯和澍德与娣敏在码头告别。

澍德亲了亲儿子、女儿。申娣敏泪眼婆娑，心里难受，她舍不得丈夫走，可是为了丈夫的前途只能放手。翰林院不是谁想进就能进的地方，那是多少读书人梦寐以求的地方啊！

丈夫一走，家里的大事小情都得自己解决，老父亲也要远赴安徽赴任，此时的娣敏心里真是五味杂陈。她最亲的两个人都将不在身边，今后自己得肩负起持家的重任，以解除丈夫的后顾之忧。

娣敏也担心澍德。他生性善良，容易轻信别人；经纶满腹，碰到投机的人必定知无不言、言无不尽；恃才傲物，有时也会听不进劝；身在异乡，没人帮衬，宦海浮沉，他能不能适应官场？娣敏坚信程澍德懂自己、爱自己，会同自己相互扶持、携手一生。即便孤身在外，澍德也不会做那些令自己难过的事，可他这一去，什么时候能回来呢？

翁知黟县，婿赴京城

翁婿二人上了船，申焯给澍德解释为什么要选水路。

原来，福建的读书人进京赶考，大多是走水路从杭州经京杭大运河坐船到京城，方便快捷。如果走陆路，过路费是不可少的，虽然只有小小的几吊钱，但一路下来，也是一笔不小的开销；而且钞关也要收税，这样算下来不比水路便宜多少，还更累人。

走水路还有一点好处，官船、太监的船和进士、举人、秀才的船是不收费的。因此，有些民营商船最喜欢招揽一些举人、秀才坐船，遇到钞关就请出这些"老爷"们去交涉，便能将过路费省下来。事后，只需给"老爷"们付些功劳费，顺带路上伺候吃喝，双方都能省下一大笔费用，两全其美。

申焯与程澍德，一个举人，一个进士，坐船均不用交钱，船家还会一路伺候着吃喝，这也算是朝廷给他们这些读书人的一点福利吧。

相比之下，陆路就没有那么多便利了。陆路上有驿站，但驿站只是为了传递官府文书和军情的人以及来往的官员们途中休息、换马。驿站里的馆驿和马匹可不是那么好私自动用的，若被上面查到了，严重的甚至要砍头。

姜还是老的辣，申焯毕竟在社会上闯荡了多年，江湖的事还是知道一点的。这一路行来，反倒要老岳父来出头露面。

翁婿二人在杭州分手，申焯从杭州到安徽上任，而澍德沿京杭大运河继续北上进京。

程澍德到了京城，坐黄包车到了翰林院。

翰林院大门朝向北，澍德由官吏引着，走过三重大门，第三重门上挂着金字匾额——登瀛门。一路看去，门内有署堂五楹，西为读讲厅，东为编检厅。署堂之后为穿堂，左边是待诏厅，右边为典簿厅。典簿厅掌奏章、义移及吏员、差役的管理事务，并保管图书。待诏厅掌缮写、校勘之事，其职掌均与编书有关。再往后就是后堂，后堂的东西屋为藏书库。

翰林院掌院学士是正三品官员，是翰林院的最高长官。翰林院归皇帝管理，直接对皇帝负责，相当于皇帝的私人秘书机构。虽然平时都是干些抄抄写写的活儿，但接触的都是国家最核心的机密。在翰林院待过后就是回到地方也能混个不错的官职。

能够进入翰林院的，都是国家选拔出来的最优秀的人才。按照当时的规定，只有科举中一甲、二甲和成绩突出的举人，才能够被选为庶吉士。按照惯例，不是庶吉士是不能进入内阁的。而庶吉士可以直接进入翰林院深造，这本身就是对个人能力的一种肯定。

除了皇帝之外，朝中大臣、亲王贝勒也都一直盯着翰林院。不管出身如何，只要是翰林院的人都是被争相拉拢的对象。最关键的是，庶吉士经过三年的培训后，有很大可能被选中为皇帝或者太子授课，这时不管你品级如何，都会高人一等，之后的仕途也自然会变得更加宽广顺遂。所以，翰林院经历了各朝的逐步完善，逐渐成为读书人进入仕途的最佳选择。

澍德甫入仕途就进翰林院，这起点是相当高了。翰林院编修官职等级为正七品，相当于县官的品级，但在外人眼中却比县官官位更有含金量。翰林院编修的工作主要是典簿记载，其上有学士、侍读等官职，另有典簿从官。古代的翰林院是皇帝的秘书机构，各个皇朝的翰林院的组织机构和作用大同小异。

接待澍德的官吏，指着旁边一处红漆大门给他介绍："程大人您请看，那里面的诸位大人，可都是专门负责修史的——大人您刚到，先拜会一下我们的掌院院士大人……"

最吸引澍德的，当是翰林院里的藏书了。这里的藏书不仅仅是丰富，最难得的是有许多外界不可能见到的东西。例如，前朝和当今的某些不可示人的史料、历代科举中举士子们的相关卷宗、从民间搜集整理的残缺典籍原本，这些不易见到的东西开阔了程澍德的视野，为他今后的写作打下了扎实的基础。

澍德孤身在北京，每天重复着机械的脑力劳动，单调乏味。天子脚下是个是非之地，对澍德的个性来说非常不合适。他个性耿直，讨厌和耍政治手腕的人打交道，对某些人两面三刀的做派很看不惯，也不愿意卷入宫廷纷争。翰林院中才子荟萃，外表光鲜却阴影重重，明争暗斗、风波迭起。在翰林院为了生存必须斗智斗勇，在这种环境生活，工作量不大，但是心太累了。想起远方的妻儿，澍德渐渐萌生了去意。

但是去哪儿呢？澍德终于等来了一次机会。

皇帝要大宴群臣，全国各地的知府都要来参加，届时他有机会和各省的地方官员见面，找机会回家乡谋个一官半职，全家人就可以在福州团聚了。翰林院这地方，没点心机的人根本无法生存。程澍德一心想逃离这里，待在这里感觉都快窒息了。

　　皇帝大宴，翰林们都很高兴。因为翰林属于朝官中的才学佼佼者，在这种文武百官齐聚的大宴中，陛下一旦有什么学问上的事情相问，别人答不出来，偏偏你能答出来，那就很容易被皇帝记住，加官进爵也就有了希望。

　　不管其他衙门如何，历次皇宫赐宴，给翰林院安排的席位通常最为充足。虽然居于末席，但能进皇宫与皇帝一同饮宴，本身就已是莫大的荣耀。至于坐在哪儿就无所谓了，离皇帝太近反而全身不自在，人人都说伴君如伴虎，一不小心说错话，掉脑袋都有可能。

　　皇宫赐宴的日子，翰林院所有人都身着朝服，一副衣冠笔挺的样子。百官入席后，面朝皇帝跪下。程澍德低着头用余光瞟向皇上，皇帝的威严不容挑战，是不能被直视的。澍德小心翼翼地跪在地上，耳边传来皇帝的声音："众卿平身。"

　　"谢陛下。"

程澍德在自己的席位刚坐下，就听到太监那尖利而高扬的声音："开席！"

侍者们将早就备好的酒菜端上来。在场有二三百个席位，谁负责送哪一桌，都像是提前彩排好的一样，井然有序，绝不敢出错。

所谓的御膳，不过是多了一点荤腥，有一条鱼，还有几块腌肉，另外有几碟素菜。饭菜上桌之后，程澍德才发觉，这皇宫里的赐宴其实和百姓吃的没有什么两样。当然，这些食物在穷困百姓眼里已经是大餐了。御膳规距很多，刚上的菜并不管饱，也不提供主食，只提供酒水，吃过和没吃一样。

皇帝先喝第一爵酒，这时文武百官可没资格同饮。待皇帝饮下第一爵酒，百官四拜之后二次落座，这时才可斟上酒，准备陪饮。

第二爵酒饮毕，礼乐声响起。文武百官起身，等皇帝进汤完毕，方可坐下。侍者们为群臣进汤，这时需要静等皇帝喝完汤水。乐曲改换一首，舞师进入大厅起舞，文武百官可以坐着欣赏舞蹈。这期间是文武百官的自便时间，可以吃眼前的食物，也可以自行饮酒，不过在每曲舞快结束时，百官要自行把酒斟上，等待为皇帝敬下一爵酒。

从开宴到宴罢，一共要进酒九爵，程澍德深知自己没那么好的酒量，所以每一盏只斟了一半。他可不能喝醉，因为他还有重要的事要办。

每一爵酒的规矩，基本跟第二爵酒相同，都是皇帝先饮，百官后饮。若有什么进献的贺词、贺礼，也要在饮酒之后、乐舞之前进献。

最让百官兴奋的是现场的歌舞。第一场是由男舞师表演的剑舞，刀光剑影让人眼花缭乱，男舞师动作整齐，充满着阳刚之气。后两场是女舞师献舞，对文武百官而言更有吸引力。

九爵酒献完，便吩咐撤去酒盏，进"大膳"。所谓的"大膳"，就是一大盘好似大杂烩一样的菜，里面荤素都有。之前，澍德感觉还没饱，赶紧拿起筷子猛吃了几口，不抓紧时间的话，再过一会儿就要撤案了。

大膳之后，就是整个大宴中舞乐精髓之所在了。此时表演的女子，全都是舞师中的佼佼者，面容姣好、身段优美，年岁都在 12~20 岁，如同春日里在皇宫中盛开的百花，娇艳异常。此时已是上灯时分，侍从依次给每一张桌子点上烛台，大殿内的挂灯也陆续被点亮，映得大殿一片通红。这时百官都喝了点儿酒，精神松弛下来，正好灯下观美。

　　这些女舞师也很卖力地表演，她们深知，能在这里观舞的都是官场上有实力的大人，万一被哪个大人相中了，就有机会被娶回家做个小妾，从此衣食无忧了。宫里的舞女人老珠黄后被送出宫，生活大多穷困潦倒；偶尔有嫁得好的，也就是做小妾或填房。所以，她们都想抓住这次机会，给自己谋求生活保障。

　　当太监唱"宴成"时，程澍德赶紧跟随百官出席而列，面朝皇帝；又在太监高唱的"鞠躬"声中下跪叩首。礼乐声再起，文武百官四拜而起。百官分列东西两侧，对皇帝跪奏"礼毕"，然后鸣鞭奏乐。

　　皇帝起驾回宫，文武百官开始退场。退场之前，所有官员都要等待侍从将剩下的食物打包，带回去给家人享用，以示皇恩浩荡。这也是官员们之间难得的交流时间。被皇帝赐宴，那可是莫大的荣幸，也是结识高官的机会。尤其是像翰林院程澍德这样的芝麻小官，又是清水衙门，以后被调到六部或者寺司等部门，登上高位也不是没有可能。

　　程澍德紧紧地抓住了这次机会，他起身向福州知府行礼："幸会，大人，在下是闽县程澍德，如今是翰林院编修。"能结识在翰林院供职的青年才俊程澍德，福州知府也满心欢喜。福建法政学堂正缺一个教务长，这位年轻人是从日本留学回来的"洋翰林"，学的又是政法专业，正是"踏破铁鞋无觅处，得来全不费工夫"。福州知府力邀程澍德回乡为桑梓效力。这正合澍德的心意，自然爽快地答应了。不久，程澍德就接到调动的文书，动身回到了福州。

重返闽乡，任教务长

程澍德回乡任职，最高兴的当然是妻子申娣敏了。她一手牵着女儿程君英，一手牵着儿子程志骐，在申府门口迎接丈夫。两个孩子对这个好久没见面的父亲感到陌生。娣敏满心欢喜把两个孩子推到澍德面前，让孩子叫"爸爸"。两个孩子怯生生地叫着"爸爸"，身子却往母亲身后躲。澍德尴尬地笑了，孩子对他太陌生了，以后不管自己到哪儿，一家人都要在一起。

入夜，澍德与娣敏相拥在一起，小别胜新婚，娣敏幸福地依偎在丈夫怀里："夫君，福州知府请你回来，担任什么职务？"

澍德吻了一下爱妻："福建法政学堂教务长。"

申娣敏幸福地笑了。父亲的眼光真不错，为她找了一个人品好、学问高的丈夫。虽然她并不注重地位，但她和所有女人一样在乎称谓。现在她是程夫人了，过去女人地位低，只有丈夫身居高位，女人才可被称为夫人。在众人眼里，她嫁得最好，这个丈夫有学问、有官职，没有三妻四妾。她自己学问并不低，完全配得上澍德，她也想有所作为，但社会环境无法让她遂愿。她只能把全部精力都放在培养子女上，让他们今后能像他们的父亲一样有出息，做个有学问的人。

1905年4月24日，清政府推行新政，在《奏请专设法律学堂折》中提出："新律即定，各省未预储备用律之才，则徒法不能自行，终属无补"，因此"亟应广储裁判人才，以备应用"，并奏请设立京师法政学堂，从而开启了中国近代创办法政学堂之先声。随后，各省纷纷起而效行。于是，公立福建法政学堂于1907年5月在福州鳌峰书院成立。

当时，公立福建法政学堂是福建高等法政人才的最高学府。它从1907年开始招生，入学条件很严格，以举人、贡生、监生为限。当时科举制已废，很多年轻人梦想通过立宪寻求报国之路，所以报考踊跃，最后录取了400多名学员。公立福建法政学堂历任教务长为林志烜、程澍德、林长民、程培锟。

公立福建法政学堂教员，大多是日本教员，福建本土教员连程澍德在内只有两名懂日语的教员。由于大部分日本教员都不懂中文，他们授课的时候，需要中国教员同声翻译；课后，他们的讲义也需要被翻译成中文发给学生。程澍德这个教务长当得相当辛苦，比自己备课当老师还累，再加上教学上一大摊子事，让澍德焦头烂额、疲于奔命。因为课堂上同声翻译的中文老师少，难免和日本教员发生矛盾。程澍德是个读书人，不善于耍手腕，又不会耍心机，不会见风使舵、处理人际关系，又不想做违心的事。超负荷的工作，再加上日本教员的不配合，让程澍德身心疲惫。

清政府未统一编纂法政教材，而是由法政教员自行斟酌编辑教材。日本教员编纂的法政教材存在着不少缺陷，严重脱离中国实际，根本不适合中国的学生。

课程科目没调整前，法政学堂所用教材共 54 本，其中，中国本土教材仅有两本，其他教材分别取自日、美、法、德、英等国的法学著作。其中日本法学著作最多，共有 38 本。课程科目调整后，法政学堂所用教材共 39 本，其中中国本土教材只有 5 本。国外法学著作是以国外的法律和社会现实为研究对象，自然难以符合中国的现实情况。这种不符合中国国情的授课，也就决定了这种法学教育具有浓厚的模仿色彩。这让程澍德萌生了专著法学方面著作的念头。在福建法政学堂任教务长期间，程澍德曾在《福建法政杂志》发表过《哲学大家荀子之政治论》，程澍德希望他的理论能引起法学界的重视。

毫无疑问，在以日本学制为效法对象的清末教育改革过程中，清末法政学堂的创办，确实存在许多不尽如人意的地方。办学相对功利，法学教育严重媚外，日本教员飞扬跋扈，要处处以他们为中心，丝毫不考虑中国教员的辛苦。程澍德这个教务长当得窝囊，非常不爽。这让程澍德萌发了离开公立福建法政学堂的念头。

1907年程澍德时年30岁，程澍德利用业余时间翻译了日本横田秀雄的《民法物权篇》，由上海普及书局出版，这是程澍德的第二本书。而《平时国际公法》是他编著的第一本书，是在1906年的5月，由上海普及书局出版的。

程澍德任福建法政学堂教务长只有一年，这期间，国内形势发生了变化，机遇在向程澍德招手。

1906年，朝廷向全国民众宣布实行"预备立宪"，于是，模仿西方立宪制国家国会的"谘议局"开始在各省筹设。

1907年6月30日，两广总督给北京上了一道奏折，建议朝廷"尽快设立资政院以其为上议院之基础,并以都察院代国会,以各省谘议局代议院"。

1909 年 10 月 14 日除新疆外,全国 21 个行省,均成立了"谘议局"。按照清政府的官方解释,各省谘议局,相当于各省的临时议会,临时议会的议员由选举产生。

程澍德在福建法政学堂任教务长期间,申娣敏感觉到他工作并不开心,每天异常忙碌,回到家又是满脸阴云。她得知福建谘议局正在筹办,就鼓励丈夫去找知府表明心意,换个工作。

夫妻俩正说着,家丁来报:"老爷夫人,知府大人到访。"

夫妻俩赶紧起身,到申府大门迎候福州知府。这位知府,就是当初将程澍德从翰林院调任到福建法政学堂的那位。

知府大人开门见山直奔主题:"程兄,朝廷要我们省成立谘议局,现在正缺人手。你各方面条件都符合,希望你来谘议局筹办处任协理,帮我们把谘议局办起来。我已和法政学堂那边说过了,让林长民接替你的工作。"

这可以说是正中程澍德下怀:"感谢大人信任,不知几时上任？"

"越快越好。"

"法政学堂那边，希望大人多招揽一些从日本留学归国的人担任同声翻译，否则学堂无法正常开展工作。"程澍德还在为法政学堂的教学犯愁。

"好！此事我来安排，你就安心上任吧！"知府大人此行的目的已达到，起身告辞。

福建法政学堂事务纷争太多，程澍德根本不能安心写作，也不想陷入无尽的人事纠缠。现在福建谘议局筹办处需要人，又有知府大人诚邀，正是求之不得。于是，程澍德走马上任了，虽然还是七品，至少没有烦心事来骚扰他写作了。

承宝琛托，谋立宪事

清廷在 1909 年和 1910 年分别设立了谘议局和资政院，这是立宪的需要。当时，立宪派认为谘议局受制于督抚，而资政院为非驴非马之议会，因而大都希望能在两三年内召开国会。1910 年，资政院在讨论"速开国会案"时，议员们全体赞成并起身欢呼，足以见其心情之迫切。

1907 年秋，各地立宪派便纷纷上书清廷，要求速开国会。1909 年 10 月，各省谘议局第一次开会时，江苏谘议局议长通电各省谘议局，建议组织"国会请愿同志会"。

在福州的陈宝琛坐不住了，他找到现任福建谘议局筹办处任协理一职的程澍德，想通过程澍德向国会递交请愿书。程澍德对陈宝琛并不陌生，早在福州东文学堂时，两人就结下了深厚的师生情谊。

陈宝琛到了申府，也不客套直奔主题："召开国会、颁布宪法是国家大事，现在中国何去何从，在于国家能不能立宪，我们一定要让朝廷同意我们的主张。"

程澍德对陈宝琛打心眼里敬佩——他才华横溢，13岁中秀才，18岁中举人，21岁中进士，选翰林院庶吉士，后官授内阁学士。他"崖岸自高，不避权贵，潇洒倜傥，风采赫然"，以"激浊扬清""清明政治"为抱负，成为闻名朝野的"清流派"。这样一位德高望重的知己如此看重自己，程澍德感觉自己有义不容辞的责任。程澍德没有任何犹豫，他答应了恩师陈宝琛的嘱托，上京递交国会请愿书。

陈宝琛语重心长地对程澍德说："这次去，不论朝廷会不会同意，一定要用最大的力量去争取。"

经过一个多月的多方联络，全国各省谘议局代表于12月18日陆续抵达上海，开会商议请愿速开国会之事，程澍德也在其中。

1910年1月，程澍德作为福州代表准备进京递交请愿书。

临别前的晚上，申娣敏为丈夫准备行装："夫君，你这次去还会回来吗？"

"很难说，有可能我会留在北京。如果我留下，我立刻写家书回来，你和孩子一起到北京，我们一家就再也不要分开了。"

娣敏从内心讲并不愿意丈夫离开自己，但她是个深明大义的女人。她从丈夫与陈宝琛的对话中知道，丈夫这次进京干的是件大事，关系到国家的存亡兴衰。她没有理由不放丈夫进京，唯一能做的就是为丈夫打点好行装。

作为福州代表的程澍德与其他小组代表，首先去求见的是某位军机大臣。代表们对军机大臣说明来意，目的只有一个，希望他能支持代表们的主张。军机大臣一向做事圆滑，他不想得罪代表们，就对请愿代表说："我亦国民一分子，自必帮忙。"这位朝廷重臣的明确表态让代表们松了一口气。然而，代表们再去访问一些皇族亲贵的时候，却遭遇了闭门羹。避而不见已经很能说明被访者的态度了。

1910 年 1 月 30 日，清廷发布上谕，对"请愿速开国会"之事作了答复。上谕中虽然对代表们的爱国热忱"深表嘉悦"，而且保证"宪政必立，议院必开，所慎筹者，缓急先后之序耳"，但还是以"国家幅员辽阔，国民智识不一，遽开议院，反致纷扰不安"为借口，实际上就是拒绝了代表们的请愿要求。

对于这个结果，程澍德与各省请愿代表们并不感到意外，如果请愿一次就能成功，那就不叫朝廷了。于是，经过商议后，他们决定再次发起请愿，而且要扩大请愿代表的范围，并广泛征集请愿签名，以壮声势。同时，请愿代表们还制定了章程并成立了"国会请愿同志会"，在北京设立总部，各省各埠设立支部，隐然已有政党之雏形。在此过程中，程澍德一直参与其中。他感觉在当时的朝廷要办成一件事实在太难了，恐怕有负恩师陈宝琛的重托。程澍德打算先回去把"福州国会请愿同志会"成立起来，再继续努力请愿，哪怕碰得头破血流。

1910 年 6 月初，经过总部"国会请愿同志会"的努力，程澍德与各省代表们再度进京，发起第二次请愿。这次的请愿代表团扩大到 150 人，除了各省谘议局议员外，还包括各省商会、学会及华侨代表等。并且，令人鼓舞的是，这次请愿还征集到 30 万人的签名，其规模远远超过第一次。请愿代表们再次来到都察院，呈递了 10 份请愿书。让代表们没有想到的是，声势浩大的第二次请愿，等来的却是第二次失败。

1910 年 7 月 1 日，千余留日学生在东京锦辉馆举行集会，声援请愿代表团，并表示要积极参加第三次国民大请愿。一时间，"请愿召开国会"成为当时最热门的话题，全国各地也形成了一股"请愿速开国会"的热潮。这让程澍德看到了希望，有民众的支持，就算事情办不成，心里也是种安慰，对恩师陈宝琛也算有个交代。

1910 年 8 月 15 日，国会请愿团召开会议，号召各省各团体代表在农历八月前必须到达北京，9 月一起上书资政院，请开国会。另外，国会请愿团向各省谘议局致电建议：第一，国会召开之前不承认新租税；第二，各省谘议局开年会只讨论一个议案，那就是速开国会案，目的不达到，各谘议局即行解散。不久，程澍德同其他省代表陆续抵达北京，各省实力派官员也纷纷表态，对立宪派发动的国会请愿活动予以支持。在此情况下，清廷不得不做出让步。程澍德感觉他这次进京不虚此行，至少有了回应。

1910 年 11 月 4 日，朝廷宣布将立宪原定为九年的期限缩短为三年。江、浙等省的立宪派觉得朝廷已经让步了，不宜再行追逼，纷纷打道回府。而部分请愿人士仍感到不满足，他们认为没有必要再等三年，现在就可以立宪。特别是东三省的请愿代表，更是坚决要求速开国会。1911 年 2 月 2 日，奉天省城学生数十人前往省谘议局面见议长和副议长，当场割指刺股写血书，要求进行第四次请愿活动。然而，朝廷不愿意再行更改，随后下令遣散请愿代表，并强行将东三省代表押解回籍，还找了个借口将直隶代表发配新疆充军，以杀鸡儆猴。朝廷的强硬态度，让进京代表纷纷感到吃惊，程澍德决定暂时先回福州再做打算。

这次的北京之行，程澍德看到了朝廷的另一面——他们根本不想召开国会分走权力。目睹这一切的程澍德，感觉到个人力量的渺小，他不知道中国的出路在何方。

陈宝琛也时刻关注着事态的发展，他是坚定的立宪派，他认为，要发展资本主义，就必须改良封建专制主义的政治组织，开国会、立宪法，实行君主立宪。只有这样，才能"安上全下"，既可缓和阶级矛盾、消弭革命、抵御外侮，又能为资本主义发展争得有利条件，并使本阶层获得参政的权益。

为此，陈宝琛与程澍德和立宪派一道，开展了一场延续八九年之久的立宪运动，然而，最后还是以失败告终。

远离旋涡，重归本心

　　立宪风波令程澍德坚定了远离政治旋涡的决心。只要不参与，就不会有烦恼；只要与官场保持相当的距离，不去蹚"立宪"的这个浑水，就不会心力交瘁；其中的痛苦与荒诞只有他自己心里最清楚。他一腔热血，希望国家能像西方一样繁荣，走上强国之路；没想到事与愿违，连最基本的立宪之路都无法走通。

　　政治斗争的微妙，仕途的险恶，令他心惊；特别是几次进京的遭遇——朝廷的冷漠、对代表的无视，让程澍德意识到自己的尊严被屡屡践踏。他一个小小的谘议局筹办处协理，随时都有可能成为政治斗争的牺牲品。亲历官场卑劣、目睹国家衰败的他，萌生了远离官场的念头。程澍德看到留在京城毫无希望，便匆匆回到了福州，决定跳出政治旋涡，开辟自己著书的道路。

程澍德失魂落魄地回到福州，申娣敏很是心痛："天无绝人之路，总有一条路可以走，别累坏了身子，我和孩子不能没有你。"

看到妻子满眼的泪水，程澍德心软了，这个朝廷已是朽木难雕，要想改变是不可能了，他空有大志可人微言轻，根本就不可能改变什么。

程澍德回到福州，心情一直不佳。他一头扎进了岳父的藏书楼，只有这里能给他安慰。他想从书中找到救国之道，找到健全法治社会的理论根据。看到丈夫一头扎进书堆里，娣敏便一直陪伴在丈夫身边。她知道丈夫是个有家国情怀的人，他有一颗赤子之心，这种情怀不是每个读书人都具备的。

夜深了，程澍德还在书房写些什么。娣敏知道丈夫心里痛苦，一腔热血，报国无门。她到厨房煮了碗桂圆蛋花汤，亲手端到书房："夫君，来吃夜宵。"

程澍德接过夜宵，一股暖流流遍全身，还是夫人了解自己、心疼自己。虽然在福州有自己的官职，还有岳父的家业，一家人吃穿不愁，可以过得安逸；可澍德想法不一样，福州虽好，但北京才是全国的中心。全国最好的大学在北京，想在学术上有所发展，还是要到北京去。

澍德试探性地问夫人：“我如果到北京教书，你愿意跟我去吗？”

娣敏想都没想脱口而出："你到哪里，我就跟到哪里。"

"好！有你这句话，我就放心了。"

"夫君快吃桂圆蛋花汤吧，光顾着说话，汤都要凉了。"

澍德端起碗，大口地吃了起来，甜甜的汤汁入胃，心中那个甜啊，有此贤妻，夫复何求？

娣敏知道丈夫有意去北京，便开始为他准备行李。她知道自己的丈夫为人正直、品德高尚、清廉如水，不适合官场里的尔虞我诈、钩心斗角。他为官做人都不圆滑，不会八面玲珑，更不愿意做违心的事、猫鼠同眠。

内心崇高的理想，是程澍德的精神支柱。希望自己的学识能给社会带来深思与启迪，他是这样想的，也是这样做的。他希望自己做一个对社会有用的读书人；可命运却和他开了一个偌大的玩笑，让他从政后又转回教书的行列，成为中国第一代法学家。他以笔为枪，写作、翻译、批判，他身上的文人气息在北京彻底地展露。他们那一代读书人，见识到了国家与社会的黑暗现实，并对西方的繁荣产生了憧憬和向往，他们对建立一个美好的中国有着无与伦比的热忱。他要用笔向人们传递法治思想，他要靠自己的努力为国分忧，他有自己的风骨、有自己的理想，有这样的知识分子实在是国家之幸。

为学问事，举家赴京

近代以来，为挽救民族国家危亡，中国先进的知识分子大声疾呼变法图强，掀起维新变法运动，京师大学堂就是在戊戌维新运动中诞生的。

1898 年 9 月 21 日爆发戊戌政变。之后，百日维新失败，而京师大学堂则以"萌芽早，得不废"，未被慈禧废止。京师大学堂成立之初，行使着双重职能，既是全国最高学府，又是国家最高教育行政机关，统辖各省学堂。

1900 年，京师大学堂先遭义和团冲击，后被八国联军德、俄侵略军占为兵营，校舍、书籍、设备被严重毁坏，大学堂因此被迫停办长达两年之久。

1902 年 1 月，战事平息后，清廷下令恢复京师大学堂。1902 年，京师大学堂仕学馆、师范馆成立。

1902年10月14日，京师大学堂重新招生，并于1902年12月再度开学。京师大学堂随即成为中国官方最高学府和官方教育行政机构。

1904年，京师大学堂进士馆开学，招收了最后两批科举进士，即癸卯科（1903年）进士80余名和甲辰科（1904年）进士30余名。1905年国子监停办，一批未毕业的学生直接进入京师大学堂学习。可见，京师大学堂继承并替代了科举制度和国子监，是古代取士制度与高等教育向现代演进的承上启下者。因此，作为北京大学前身的京师大学堂，是中国自汉代太学以来国家最高学府的唯一正统继承者，甚至其历史可以上溯到两千多年前汉武帝设立太学之时。

1909年，程澍德33岁，三次进京请愿失败的经历，令程澍德对政治心灰意冷。正巧京师大学堂急需教员，程澍德又一次被命运之神带到了北京，就任京师大学堂法政科教员，教授《法律原理学》和《宪法学》。

1910年，京师大学堂开办分科大学，共开办经科、法政科、文科、格致科、农科、工科、商科七科；设诗经、周礼、春秋左传、中国文学、中国史学、政治、法律、银行保险、农学、地质、化学、土木、矿冶计十三学门；一个具有近代意义的综合性大学初具规模。当时在这里任教的都是全国顶尖的人才。

程澍德到京师大学堂任法政科教员，就算在北京安定下来了，他有意要把妻子申娣敏与儿女接到北京来。这时他每月有 300 块大洋的薪水，有能力在北京买下一处房产。当时北京古城的胡同里有四合院，还有三合院。程澍德看中一处四合院，独门独户只要 150 块大洋。那时的北京，还时兴租房子住，攀比的不是谁家买了多少处房子，而是谁住的房子更大、谁家的装修更豪华、谁家的家具更时尚、谁家率先买了黄包车还请了专职车夫。程澍德权衡再三，觉得还是有自己的房子住着更安稳。他现在有这个能力让夫人过上好日子，他也想在北京安定下来，不想再过夫妻分居两地的生活。他不需要像别的有钱人那样，纳个妾来照顾自己的生活起居，他爱娣敏。申娣敏是为数不多的才女，程澍德不想伤害娣敏，他要给娣敏全部的爱，更何况自己写作也离不开娣敏，查找资料、抄写文字他都需要这个懂自己的女子。岳父对自己恩重如山，视如己出，他也不能辜负了他。程澍德写了一封家信，让娣敏安排来京团聚。

娣敏接到丈夫从京城来的家书，开始着手准备赴京。父亲申焯也支持她进京和丈夫团聚。小夫妻分居太久容易出问题，这种事他看得多了，身边不少有头面的人哪个不是三妻四妾？虽然女儿才貌双全，女婿也爱着女儿，他也相信程澍德不是花心之人，但随着女儿年纪增长、年老色衰，什么都有可能发生。当时社会风气就是这样，社会上的有钱人很难见到一夫一妻的家庭，连个小小职员都有大小老婆。

申焯从黟县县令任上致仕，居家赋闲。他全力帮女儿打点整理，为女儿找好了船家，路上需要的银两也早早为女儿准备好了——在金钱上这个老父亲从没让女儿多操过心，只要女儿幸福，他这个做父亲的什么都愿意做。申娣敏要离开她成长的家乡，离开她的老父亲，自然舍不得，但丈夫身边也需要有人照料。只是苦了老父亲，身边少了一个疼他的女儿。

1913 年，程君英 12 岁，全家人决定从福州迁居到北京。

申焯依依不舍地把女儿送到码头，他不放心女儿，就让身边最得力的中年女佣也跟着进京："小姐这次去北京，人生地不熟，孩子又这么小，你要费心多照顾着点儿。"

女佣点头答道："老爷，放心吧。老爷待我不薄，我感恩都来不及。老爷这么信任我，我一定会好好照顾小姐的。"

码头上和父亲告别，申娣敏不觉鼻子一酸，她这一走不知道几时能回来，也许这一次就是永别。申焯看到女儿落泪，心里也发酸："傻孩子，你们夫妻团圆应该高兴才是，我有机会也可以进京谋个一官半职，那我们父女俩不是又可以见面了？"

申娣敏不由得破涕一笑："父亲，别让女儿久等。到了北京我会写信回来，父亲保重。"父女俩码头一别，申焯在码头一直等到女儿坐的船只驶出了自己的视线才打道回府。

程澍德接到妻子的家书，计算日程，估计半个月就可到京，想到不久就可与妻儿团聚，内心充满了喜悦。

程澍德买下的四合院，离京师大学堂有一段路程，他准备包个黄包车送自己上下班。所谓的包月车，就是自己买车，雇佣车夫，专供自家乘坐的车。包月车费用不高，每月大约五六元至七八元不等。以程澍德的薪水，这点儿钱还是供得起的。为此，程澍德专门跑了趟车行。

车行老板热情接待了他："这位老爷，您想买什么样的车？车您随便挑，人也随便挑。这里还有不少两口子都在车行的，男的拉车，女的在车行烧饭，您中意也可以挑走。"

程澍德点了下头，同意了老板的安排。

车行里正好有个车夫还没出工，他那口子也在车行帮厨。车行老板对他说："给你找了个好东家，每天接送东家上下班，每月六块大洋；你媳妇儿负责烧饭，每月三块大洋。愿意去吗？"活儿不累东家还管饭，这可是打着灯笼也难找的美差，哪有不愿意的道理？

老板对程澍德说："老爷，这辆车是旧车，收您二十块大洋怎么样？新车要六十块大洋呢！您要同意，连人带车现在就可以带走。"

程澍德人也爽快，没有和车行老板再讨价还价，给了老板二十块大洋，直接把人接走了。

澍德把车夫两口子都留在了自己府上，男的管拉车，女的做厨娘。夫妻同在一家帮工，更会对主家忠心耿耿，不会有二心想跳槽另选东家。事实证明，程澍德的选择是对的。在程澍德去世后，这对夫妻仍旧为程府出了不少力，帮大少爷志骐度过了最艰难的日子。

殒身不恤，重入政坛

夫人申娣敏带着孩子一路风尘来到北京，这里居住环境不错，一家人很快习惯了北京的生活。

此时的程君英已出落成了亭亭玉立的少女，她已好久没见到父亲，跟父亲都有些生疏了。程君英是家里老大，又是一个很有主见的女孩子，在福州时，她跟着母亲读书，又在外公的藏书楼看过不少书。外公的藏书楼让程君英眼界不断开阔，她感觉母亲的家庭教育已不能满足自己求知的欲望。到了北京，感觉又不一样了，父亲的书房成了她新的乐园。只要父亲不在，程君英就待在父亲的书房里静静地看书。父亲书房里的书都是外公藏书楼里没有的，与藏书楼相比，这是一个截然不同的新世界。她如饥似渴地学习着新的知识，这为她将来考取北京女子高等师范学校打下了基础。

1913年7月12日，中华民国国会正式成立了宪法起草委员会，开始起草宪法。由于意见分歧大，制宪进展迟缓，辛亥革命的果实被窃夺。

　　政治上的斗争让程澍德感到厌倦，他有意脱离政治漩涡，但因程澍德在日本留过学，学术上又出类拔萃，北洋政府执意让他参与政府工作。自1914年5月26日始，程澍德先后担任了北洋政府参政院参政、国史馆协修、法典编纂会纂修、留美生考试襄校官、法官考试襄校官等职。

　　在北洋政府参政院工作不久，程澍德又担任国务院法制局参事一职，后又任法制局帮办。他每天按部就班，早上吃过娣敏为自己准备好的早餐，看会儿报纸，然后让车夫拉自己到北洋政府参政院上班，生活悠闲且相对富足。来北京这几年，娣敏为他不断添丁，接二连三生下好几个孩子。每天下班回家，一群儿女上前叫"爸爸"，那是程澍德最开心的时候。现在生活富足，儿女双全，爱妻陪伴在身边，真是神仙过的日子。回想起自己小的时候，那时家里穷，供不起孩子读书，现在夫人娣敏不仅断文识字，更是一代才女，教育自家的孩子是绰绰有余，根本不需要再花钱找私塾。娶个有文化的妻子太重要了，程澍德不免对当年自己的英明决策欣赏起来。

人都说工作得意，情场失意，程澍德两样都圆满，这可不是一般人能享受得到的。纳妾，自然是因为对原配不满意。但他对娣敏还能有什么不满呢？颜值高不说，读的书也多，每天下班回家，不但有热菜热饭奉上，娣敏还会递上精心为他著书准备的资料书稿——这种琴瑟和鸣的感觉，正是程澍德想要的。程澍德著书立说，申娣敏功不可没。丈夫去上班，娣敏就在书房里为丈夫查抄资料。查抄资料是个大工程，不光靡费时间，还需要学识和眼力。她不懂法学，但她凭着自己的聪慧与学识为夫君的作品添砖加瓦。程澍德感觉，自己的写作根本就离不开妻子，他的每一篇作品都浸润着妻子的心血，而娣敏就是上苍送给他的珍宝。

申娣敏很懂得照顾丈夫的情绪，澍德回家闷闷不乐的时候，她就知道丈夫在外面受到了委屈，她会在丈夫耳边轻声细语地劝解他，为他排忧解难。她让程澍德感觉到，家就是他的港湾，而这种感觉是任何其他女子都不能给他的。

程家有女，芳名君英

1917年夏天，程君英满17岁了。她很想去读北京女子师范学校的国文专修科。但程澍德并不太愿意让女儿出去读书，在他的观念里，女孩子没必要读太多书，能断文识字就行了。这并不是因为他供不起女儿上学，还是他身上根深蒂固的封建思想在作怪。父亲不支持，程君英只好求救于母亲。

白天，静谧的书房里只有母亲在忙碌，笔划在稿纸上沙沙作响，像春蚕在取食桑叶。程君英悄悄地走到母亲身后，轻声说："妈妈，我想去上学，想去考北京师范女子学校，希望母亲能成全我。"

申娣敏看见女儿眼里闪着泪花，不由得一阵感慨，太像当年的自己了啊——当年的她，为了去念福建女子师范学校，也是这么求自己的父亲的。

"放心，妈支持你。愿意读书是好事，你弟弟能有你一半就好了，他一点儿都不喜欢读书，胸无大志，哪有你心气高？今晚妈跟你爸说说，考上了就让你读。"申娣敏安慰女儿说。

母亲的表态，给程君英吃了颗定心丸。她破涕为笑，开心地说："谢谢妈妈，我一定会考上的。"

吃过晚饭，申娣敏帮程澍德整理好稿子，又泡好了茶。她把茶交到丈夫手里，轻声说："老爷，君英想读书就让她去吧。她是读书苗子，不读书真是可惜了。志骐如果能有她这分书性就好了。女子读书自然会有用处吧？像我这样，难道不是相夫教子的典范吗？她的心思我太理解了，我当初有多想读书，她现在就有多想读书。"看申娣敏为大女儿求情，程澍德有些动摇。

申娣敏接着说："往小里说，是为自己。女人强了，才不会被男人嫌弃，不会被新宠分走恩爱；往大里说，是为国家。当年我就读福建女子师范学校，那是真长了见识、开了眼界的。若不是遇上了你，说不定还就真会出去做事呢，就像我们的校长王眉寿先生。世道在变，变得越来越快，有些恪守千年的规矩，也许说完就完了。女子读书，女子出来做事，势必会是个趋势。既然如此，老爷，我们何不得风气之先呢？"

程澍德无话可说，夫人说的全是实情。他在教育界浸淫多年，自然知道那些陈规陋俗势必会被打破，自己之所以阻挠女儿上学，无非还是因为自己身上陈腐的思想惯性和惰性罢了。封建帝制都被打破了，还有什么是不能被破除的呢？自己内心恪守的东西也许根本毫无道理毫无价值，只是个"心魔"而已。他点点头，没有再反驳；例子就摆在眼前，功利点儿讲，自己之所以深爱着娣敏，她的博学多知难道不是其中一个缘故？

程澍德点点头："考得上，就让她读吧。"

1917 年，程君英如愿考入北京女子师范学校国文专修科（后改名为北京女子高等师范学校国文部）。1922年，程君英毕业，成为我国第一批女大学生。在这所学校，程君英接受了先进思想，并把它作为自己的人生目标，决心毕业后投入教育事业，让更多的人觉醒和明白真理。

在这里，程君英结识了她的三位好闺密。她们兴趣相同、学术相讨、生活相共。她们统一穿着民国女生服装，积极参加学校里的各种组织，编辑刊物。她们都接受了新思想、新文学的洗礼，积极跻身政治运动，为争取妇女解放和独立自由勇敢地走上街头，为中国女性参政开了先河。她们被校友们尊称为"四公子"，一时名噪京华。

北京女子师范学校讲授女权运动史、社会学、伦理学等课程。老师们很看重程君英的才华，她的一篇"离经叛道"的论文，让老师拍案叫绝，被选送到了校刊发表。

学校排演五幕话剧《孔雀东南飞》，程君英饰演刘兰芝。表演中，程君英在角色中融入了自己的感情，她"觉得自己就是无数被封建礼教害死的妇女冤魂"。程君英饰演的刘兰芝相当成功，作品于1921年在学校预演，还借用教育部大礼堂公演了四天，每场都收到非常好的反响，很多观众流泪不已。女学生初登话剧舞台，不仅创了"第一"，还具有革命性意义：她们挑战了几千年来文人轻视艺人、轻视俗文学的传统。

新文化运动摧枯拉朽。接受教育、走入社会，使妇女得以摆脱依附者的地位，自尊自立、杜绝包办婚姻，则给了她们从心所欲选择爱人的权利。程君英和她的同学们，早年都目睹过女性亲友的婚姻悲剧。所以，她们呼吁妇女解放、坚持婚姻自主，程君英就因自由恋爱而获得美满姻缘。

父亲的榜样作用，母亲的殷切期望，使程君英从小就树立了自强不息的信念。这种信念，从不曾在她身上消失过，而且日积月累、历久弥坚。程君英早年诗作："不坠青云志，鹓雏气自雄"，终其一生，无愧此誉。饱读诗书的母亲申娣敏，曾以"四书五经"和《文选》为教材，为程君英奠牢了国学根基。在北京女子师范学校，程君英又受到了严格的国学训练，在古典文学尤其是先秦文学、古典诗词写作等方面打下扎实的基础。1922年，程君英从北京女子师范学校毕业后，留校任校刊编辑，同时兼任市立女子一中国文教员，从此开始了她的教师生涯。

　　坚忍不拔、从善如流、实事求是、淡泊名利，正是这样的精神和品质，使程君英成了一位名师。1928年，华东师大的前身上海大夏大学的校长，聘请程君英的先生到沪任教。当时程君英的母亲重病在床，需要有人日夜汤药服侍，因此不能随夫同往。第二年母亲病故，程君英到了上海，先在上海暨南大学就教。抗日战争前，大夏大学教务长约程君英到中文系任教。随之战争爆发，大夏大学迁至贵阳，程君英手持聘书却无法赴任。

　　抗日战争期间，时局艰难，程君英全家陷入了经济困难，每天入不敷出，生存都成问题。程君英只得被迫将"望海居"与藏书《四部备要》《图书集成》忍痛卖掉，才得以生活下去。虽然如此，亲朋挚友彼此以"保持民族气节"六字互勉，将汉奸拒之门外。

就在这一时期，程君英遭遇了人生巨大的不幸，1944年，父亲和她的长子相继在贫病交加中离开人世。尤其是她的长子峥吉，生前还在协助父母进行编目、校阅、抄写工作。这让程君英心痛不已。

1944年5月，程君英终于应大夏大学沪校之约兼任中文系教授，不久兼任中文系主任，生活才稳定下来。

1960年9月，程君英教授担任中文系副主任。但是天有不测风云，程君英教授的丈夫突患中风半身不遂，四年后不幸去世。程君英在丈夫的遗物中找到了自己43年前的爱情信物"望"字手帕，从此一直珍藏在身边。

1973年，系工宣队动员程君英退休，72岁的她痛苦地离开了一生热爱的教育事业。"学者遇事不能应，总是此心受病处。"无奈中的程君英从此过起隐退生活，开始不遗余力地整理自己几十年潜心研究的古典文学手稿。

离开了心爱的讲台，程君英心中五味杂陈，满腹经纶却无用武之地，又是怎样一种心情和感受？1978年高考恢复，程君英也迎来了自己人生的第二个春天。华东师大古籍研究室决定招收第一批研究生。年近80岁的程君英被聘去带研究生，这让程君英激动不已，向来人连连说："为'四化'尽点滴力量者，如斯而已。信哉斯言。"

她不顾年老体弱，认真编写、注释《论语》《诗经》等著作，在古籍研究工作中作出了显著贡献。在科研、教学实践中，她积极指导青年教师，带出了两届研究生。程君英的出色成绩得到了国家认可，1979年她被推选为上海市政协委员；1982年又被评为华东师大先进工作者；83岁高龄还被评为上海市"三八红旗手"。

1985年，程君英实现了人生最大的追求与愿望，以85岁的高龄光荣地加入了中国共产党。

1986年11月，程君英再次退休，退休后被本校返聘，仍然继续主持"诗经研究"这一科研项目，继续为学校作贡献。

尤其令人惊叹的是，90岁高龄的程君英教授与青年女作家合作了一部根据亲身经历创作的长篇小说《落英缤纷》。用程君英教授的话来说："那是我一生中最开心又难过，很值得留恋的日子。"

程君英一生致力于古典文学研究和教学，尤精于先秦文学,《诗经》研究更是成果累累。

20世纪70年代末,她开始修改存稿,出版了《诗经漫话》《诗经译注》《诗经注析》等书,备受海内外学术界推崇。

《诗经》今译的版本不少,程君英的译本特别受读者喜爱。"桃之夭夭,灼灼其华。之子于归,宜其室家。"她译为:"茂盛桃树嫩枝丫,开着鲜艳粉红花。这位姑娘要出嫁,和顺对待你夫家。"——既朗朗上口,又遵循了原诗或雅或俗的口吻、意趣。她说:"译诗的优劣,非经过比较和反复咀嚼,不能得其三昧。"程君英同时也认为,诗歌其实是不宜翻译的,比如"昔我往矣,杨柳依依。今我来思,雨雪霏霏",再高明的译文,都无法复现那种缠绵悱恻之美。她觉得,将《诗经》通俗化的努力,只是帮初学者砌几道台阶,让他们最终能"拾级而上,登堂入室",去领略"真金美玉"。

1993年2月20日,程君英与世长辞,离开了这个世界。她的学生桃李满天下,在各自的岗位上为祖国作着贡献;而程君英的专著,也培养了一代又一代新人,她留给我们的精神食粮将滋养后世!

为挚友幕，著法学书

1924 年 11 月，当时的北洋政府法制局更名为法制院，程澍德却选择了离任，转投到他在原翰林院的旧同僚梁仕义的手下做事，任财政委员会科长。

梁仕义是光绪年间的进士，同程澍德一样，被授过翰林院编修的职务。程澍德与梁仕义，一个是法政界的精英，一个是财政界的巨擘，很多人都不理解，程澍德为什么要跨界去为梁仕义做事。

实际上，这两位很有才华的人，早就在翰林院编修的时代相识，彼此惺惺相惜，互为精神上相契合的密友。当时，两人地位悬殊，梁仕义已是北洋政府交通、财政方面的高级官员，而程澍德不过是他手下的一个小小科长，但这并不妨碍两人的真正友谊。程澍德成为梁仕义最得力的助手，鞍前马后为梁仕义效劳，俩人很快成为事业上的最佳搭档。

这段时间，也是程澍德最称心的日子。每天按部就班地生活，没有工作上的烦恼；虽职位不高，但由于是受梁仕义器重的人，周围人对他都尊重客气；回到家满面红光，空余时间写写文章，舒服而惬意。

然而，好景不长。政坛变幻，波谲云诡。梁仕义最风光的时候，几乎做到了"一人之下"的高位；但随着执政势力的改变，他不免成了新晋势力的清算对象。他作为一个财政界的奇才，历来做的都是"务实"的事务，却也不免要违心地做一些"务虚"的事以自保。梁仕义三起三落，但最终客死他乡，令程澍德不胜唏嘘。这位老友，一生廉洁奉公、不蓄私产，在私德上无人可以对他有半点指摘，但一旦跻身政界，即便智慧如他，使足全力左右逢源，依然会被各方诟病，一度还落得个被通缉的下场，有家难回。

程澍德再度对当时的政治心灰意冷，国家内乱，外敌环伺，但想要有所作为的仁人志士们，想要一心奉公、倾身报国，却处处被掣肘、被指摘；聪明如老友梁仕义尚且落得凄风冷雨，自己又何德何能与这吃人的世道周旋？

程树德痛定思痛，决意离开政界。一次机缘巧合的机会，北京大学向他伸出了橄榄枝，程树德又一次紧紧抓住了人生的机遇，远离政治纷争，投身到教育事业。

　　程树德1918年著《汉律考》，时年41岁；1919年著《魏律考》；1920年著《晋律考》；1921年著《后魏律考》；1922年著《隋律考》；1923年著《南朝诸律考》《北齐律考》《后周律考》；1927年将历年所著合辑为《九朝律考》，共计30余万字，交由上海商务印书馆出版。该书从古籍中搜罗了从公元前2世纪至公元7世纪间历代已经散失了的法律、科令、格式、刑名和相关资料，并作了综合的考证与论述，是程树德最重要的一部著作，时至今日仍是中国法律史学科研究生必读之书。

山重水复，先去北大

　　1916 年，蔡元培先生出任北京大学校长，历经近五年的改革和完善，各项教育制度、各科教育人才已经齐备。但随着国内军阀的混战，北洋政府的军费开支急剧飙升，按 1919 年的中央预算，军费占预算支出的 42%，而教育经费却不及预算支出的 1%。许多学校因经费短缺而难以维持，连教员薪酬也难以按时发放，更谈不上发展。在此情况下，一年一万多元的讲义印刷费对于当时经费紧缺的北大来讲，的确是一笔不小的开支。因此，1922 年，北大评议会做出了向学生征收讲义费的决议。决议还没有公布，北大校园内就已经传得沸沸扬扬，之后，北大陷入停课状态。面对校长的辞职和教职工的罢教，北大学生分成了挽留和反对挽留两派。经教育部和绝大多数北大学生的劝留，在开除"肇事者"的前提下，北大讲义费风潮结束。这次风波引起校长辞职、个别教师离岗，严重影响了教学质量，学校急需教学人才。就是在这样的背景下，北大向程澍德抛出了橄榄枝，诚邀他到北大任教。

1925年，北大法律学系课程已达30余门，法律学系的课程设置日趋完善，师资力量急需增强发展。这时，北大法律学系林志军向校方提出建议，聘请程澍德为法律学系教授。校方认可程澍德在法学上的建树，便同意了林志军的推荐。

林志军也是福建闽县人，与程澍德是同乡；对程澍德这个闽县名人可算是相当了解。所以，当校方表示需要补充法律学教师时，林志军第一时间就向校方举荐了程澍德。

林志军兴冲冲来到程澍德府上："澍德兄，澍德兄——好事啊，有一件大好事告诉你！"

林志军把北大的聘书交给程澍德，郑重其事地说："蔡先生亲自下的聘书，诚邀程先生加入北大法律学系。"

程澍德喜出望外，他摩挲着大红的烫金聘书，微笑着摇头。官场纷争，宦海沉浮，他实在厌烦了政界这些无休无止的争斗，早就想抽身而退。现在，志军先生举荐他到北大任教，真可谓雪中送炭、恰逢其时："志军兄，实在是太感谢了！你算是救了我啊——娣敏，快上茶，志军先生来了！"

申娣敏早就听到了林志军的声音，她吩咐厨娘沏好了茶，亲自托着茶盘送出来："林先生，真是辛苦您了——今天不喝龙井，尝尝家乡的铁观音，乡音乡韵嘛。"

林志军赶紧站起来施礼："怎好劳嫂夫人大驾，诚惶诚恐，诚惶诚恐……"

林志军是家里的常客，所以申娣敏也坐在远处陪着说话："多亏林先生照顾。澍德你是知道的，他那个性格，怎么会适合做官呢？在翰林院的时候，我就看出了端倪——他性子直，说话不会委婉，对那些需要虚与委蛇的事应付不来。后来做了民国的官，开始还兴致勃勃，到后来只剩唉声叹气，成天不是被别人气到就是自己生气。好不容易到了梁先生幕下，才算舒心了几天。可你看梁先生这——生逢乱世，他这个老实人真不知道该何去何从，真的是夙夜忧叹哪……"

知道丈夫要到北大任教，娣敏打心眼里高兴，一万个支持。从丈夫好友梁仕义身上，她看到了从政是条不归路。教书做学问更适合澍德，少了政治上的纷争，还可以静下心来写文章，比从政要安心得多。

提起梁仕义，林志军也感慨万分："听说梁先生居然被政府通缉？这算什么嘛！"

程澍德也苦笑着摇头："人倒不妨事，听说已经避到了香港。以他的气度和修为，肯定不会因此消沉。上面也不过是拿他来祭旗，不会真的赶尽杀绝——只是，唉……"

澍德知道，娣敏这些天惶惶不可终日，生怕他受梁仕义的牵连，也被抓了去。他只是财政委员会下的一个小科长，但梁仕义曾把很多事都交由他操办，他知道的内情太多。而知道得太多，总会让有些人不舒服。

林志军也笑："谁让你是梁大人面前的红人哪？我知道你们性情相投，交情不浅。但现在是什么时候，大树倾颓，众鸟纷飞。先顾眼前吧！"

程澍德摇头："医得眼前疮，剜去心头肉啊！想梁先生这么个好人，竟落得惶惶如丧家之犬——我这心里实在是疼。"

申娣敏怕澍德反悔，赶紧替他把聘书收好，冲林志军使眼色："多亏林先生惦记，这次真的是多谢了。澍德他会读书，也只会读书，见风使舵、见机行事那些兵法，他实在是学不来。这就很好，我这颗悬着的心也总算放下来了。请林先生回复蔡先生，澍德他会准时到北大赴任。澍德新去任教，以后还得请先生多照顾。"

林志军起身告辞："嫂夫人这是哪里话，请放心吧——教书做学问，澍德兄肯定会得心应手。嗯，这茶真香！"

申娣敏随着丈夫把林志军送出门外，长舒了一口气。北洋政府对梁仕义的倒逼，让申娣敏坐立不安，丈夫和梁仕义走得这么近，难免不会被波及。现在丈夫到北大任教，也算撇开了干系；有个稳定的工作，每月有固定的薪水，一家人的生活就有了保障，也就可以了。

从此，娣敏在书房帮丈夫整理资料、抄写文章；丈夫去学校时，她就教孩子们识字学习，日子过得平淡而安详。程澍德以为从此会在北大一直任教下去，没想到命运之神又把他带到了清华大学。

柳暗花明，再赴清华

　　1925 年的清华，还只是清华学校。清华学校的前身，是清政府用美国"退还"回来的部分庚子赔款筹建的一所留美预备学校。1925 年，清华学校大学部正式成立，设 17 个系。这是清华历史发展的一个转折点，清华的教育和学术独立向前跨了一大步。那时的清华学校广纳贤才，程澍德就是由此迈进了清华的校门。

　　1925 年，清华学校增设大学部，次年便成立了政治学系，并开始在政治学系开设比较系统的法律课程。1928 年，清华学校正式定名为国立清华大学。1929 年，清华大学正式成立法学院，下设政治、经济二系，院长为陈岱孙先生，主要教员有赵风喈、陈之迈、王化成、程澍德、燕树棠等。法学院是清华改为大学后最早成立的学院之一，它为中华民族培养和输送了许多杰出的法律和法学人才。

程澍德初到清华大学开课，很注重自己的衣着与仪表，上课时穿一身得体的长衫，一脸严肃。他和学生们约法三章："第一，我进教室时，你们要站起来；上完课我要先出去，你们才能离开教室。第二，我向你们问话或你们向我问话，都要站起来，这对双方都是一种尊重。第三，我指定你们背的书，你们都要背下来，背不出来就不能坐下。"

学生们普遍认为前两条还好办，第三条有点困难。但程澍德坚持这一点，他对学生的要求比较严，学生也只得遵守。

事实证明，这种教学方法是有效的，当初程澍德一路从童生考到进士，背诵就是童子功。这种方法虽然古老，但效果是好的。

法学是一门很枯燥的课程。程澍德学识渊博，学富五车，在授课中幽默风趣，时不时引用一些典故，来激发学生的兴趣。他对学生说，凡是他本人没有特殊见解的，不在课堂上讲。因此，他上课从不点名，但缺课的人很少。上课时，程澍德总能博古论今，尤其擅长找切入点，激发学生对法学的兴趣，悉心引导学生理解原本枯燥无味的法学理论。

程澍德在课堂上侃侃而谈："法制史必须得抱着乐趣去学，因为法学知识点太杂，单纯地死记硬背会感觉很枯燥，也容易忘。所以，要认真做课堂笔记，随时回忆，将来在工作中或许还能够派上用场。比如，要将朝代与职能部门结合起来记忆——同样是大理寺，它在宋、明、清的职能分别有哪些？中国的法制从公元前21世纪的夏代开始，经过几千年而没有中断，以历史悠久、沿革清晰、内容丰富、资料充实著称于世……"

　　程澍德的授课博古论今，听他的法学课，会听出历史课的效果，他会通过许多历史典故，潜移默化地加深学生对法学理论的理解。所以，尽管他的口音略带着福建乡音，讲台下的学生们也听得聚精会神。

　　课堂上，程澍德还给学生们讲了一个事例："贞观元年正月，戴胄公然在朝堂上与李世民争执，争论的焦点是：皇帝的敕令与国家的法律，到底哪一个更有威信，哪一个更应该作为断案的依据。这也就是皇权与法权之争……"

　　程澍德所讲的典故是历史上经典的与法制相关的案例：李唐立国之初，很多将士战死沙场，为国捐躯。皇帝为了体恤他们的后人，出台了一项恩荫政策，让战死将士的后代能承袭先人官爵，以示皇恩浩荡。之后，不断有人弄虚作假，谎称自己是功臣元勋的后代，以此骗取朝廷恩荫。为此，李世民颁布了一道敕令，让作假者赶紧自首，不然一经发现立即处以死刑。敕令颁布后，查获了一个叫柳雄的造假者。李世民决定杀了他，以儆效尤。案件送交大理寺，负责审判的人就是大理寺少卿戴胄。

按照大唐的法律，戴胄认为这种案子判不了死罪，最多只能是流放。这个判决是戴胄依法做出的，但违背了李世民的敕令。李世民大怒，对戴胄说："朕早就有言在先，你现在却要判流放，难道朕说话不算数吗？"戴胄说："陛下如果直接杀了他，臣无话可说；可陛下把他交给了大理寺，那就只能依律而行。"戴胄又说，"陛下的敕令是出于一时的喜怒，而国家的律令却是布大信于天下！"

李世民沉默了。他可以杀柳雄，因为他是皇帝，而且早有敕令在先。然而，这么做无疑会损害法律的权威。想到这儿，李世民立刻当着群臣的面对戴胄大加赞赏，说："朕法有所失，卿能正之，朕复何忧也！"

程澍德的授课中，学生不但学到了法学知识，还学到了作为一名法学学生应有的品质，并树立了正确的人生观。

程澍德在担任清华大学政治系讲师和教授期间，主要为学生开设的课程有中国法制史、比较宪法、九朝律考等科目。在繁重的教学之余，程澍德仍孜孜不倦地专心于著书，其著作《晋律考》就是在这一时期完成的。

娣敏弃世，痛失爱侣

在清华任教期间，程澍德著作的出版迎来了丰收。1925 年,《九朝律考》出版，这是程澍德平生最为重要的著作之一。1928 年,《中国法制史》出版;1931 年,《比较国际私法》出版;1933 年,《说文稽古编》出版。而这其中大部分的成就，都是和他的贤内助申娣敏分不开的。

申娣敏既是程澍德一生的挚爱，又是他的红颜知己。二人少年夫妻，郎有才，女亦有才，宛若神仙眷侣。自生下长女程君英后，娣敏又先后为程澍德生下了七个子女。按照夫妻俩早年间的玩笑约定，这些孩子分别被赋予早就取好的乳名，从"小二子"，一直到"小八子"。然而人各有志，八个子女中，唯独大姐程君英和五妹程莉英继承了程氏书香门第的传统，在读书和学术的道路上有了自己的建树。大儿子程志骐向来被夫妻俩寄予厚望，但似乎总与"读书"二字无缘，也算是有心栽花而花偏不开了。

程澍德一生中的成就，无一不与申娣敏相关。从程澍德被岳父申焯"慧眼识珠"留在府上开始，程家和申家就再也分不清彼此了。申焯贡献出自己的藏书楼与程澍德共享，又为程澍德的备考和留学提供资金。可以说，自从程澍德跟申娣敏喜结连理，程澍德就再也没有了"后顾之忧"，而身为福州藏书家申焯的掌上明珠的申娣敏也成了他真正意义上的贤内助。

申娣敏是知识女性，一直在程澍德背后默默支持丈夫的事业，相夫教子。程澍德与申娣敏的婚姻生活是令人羡慕的，他们相敬如宾，琴瑟和鸣，任岁月细水长流慢慢度过。申娣敏主内，负责家里大小事情；程澍德主外，专心做学问、干事业。两人配合默契，日子过得不紧不慢，平淡而充足。程澍德唯爱申娣敏，以为今生可以就这么相互扶持着幸福地度过。然而，老天不公，病魔毫无征兆地来了。

申娣敏从 1928 年开始缠绵病榻，到 1929 年 7 月终于一病不起。

最后的日子，她静静地躺在卧床上，高烧不退。程澍德守着病床上的妻子，她原本娇小的身子被疾病折磨得更加瘦弱，面色苍白得如同白纸一般，甚至连红唇都惨白得干涸着，如同一个没有生机的布娃娃，整个人憔悴得不成样子。

郎中搭完脉看了舌苔之后，摇摇头对程澍德说："程老爷，夫人的病不好说啊……"

"她还在发高烧！如今喂了药怎么还不退烧？"程澍德焦躁地问道。

"依我之愚见，夫人这样子倒像是邪热攻心，我再加两味药，吃下去看今晚能不能退烧……"郎中开了药，走了。女儿程君英把冰块裹在毛巾里，给母亲申娣敏不停地冰敷。

屋里，所有人都乱成一团。屋外，全家人一夜没睡，都在外面守候着。

程澍德走近床边，轻轻抓起申娣敏纤细的手腕，低声道："娣敏，你什么地方不舒服？你想吃什么？告诉我——你已经好几天吃不下饭了。"

可是申娣敏如同木偶一般，依旧静静地躺在床上。

程澍德握着她的手更加地用力："娣敏，你快点醒来啊！你睁眼看看我啊！"程澍德的眼眶充满了泪水，他努力不让它们掉下来。

昏昏沉沉中，申娣敏好像听到了程澍德的声音。那是她的丈夫在唤她，他那么深情地望着她，眼神是那样温柔，水波潋滟，似乎可以溶化尘世间的一切烦忧。申娣敏伸出双手，想要抓住程澍德的手。她挣扎着，另外一只手在半空中想要抓住什么，也许是她一生的挚爱，也许是她一生的幸福。

程澍德抓住申娣敏挣扎的手，紧紧地握着。

"澍德……澍德……"申娣敏喃喃着，一直重复着他的名字。

程澍德俯下身去，紧紧地抱住她无力的身躯："娣敏，我在这儿，我在这儿。别害怕，烧退了就好了。你快点好吧，我和孩子都等着你好起来呢！"他轻拍着她的背部，柔声安慰着。

可是，申娣敏衰弱得连拉住对方的手的力气都没有了："好好……带好我们的孩子。"她气若游丝地说着，留下无限的凄凉和遗憾。娣敏的手松开了，她去了天堂，最后一丝气息也跟着一起走了。

"娣敏！"程澍德喊他爱妻的名字，泪水夺眶而出。此时的程澍德，感觉万箭穿心，疼痛到窒息。

1929年7月，申娣敏走了，同时也带走了程澍德的爱情，他今生今世再也找不到像申娣敏这样既是爱人又是知音、相濡以沫的夫人。原以为择一人，过一生，可半路被留下的人更显凄凉，程澍德希望一种相爱相守的爱情，就是和申娣敏过的日子。平淡而又真实的爱情是多么沁人心脾，它是爱情的本质，这份爱情没有因为忙碌的工作和平淡的生活而被冲淡，其在这样的平凡岁月里，更显得珍贵。

操办完申娣敏的丧事，全家人都脱形了，个个魂不守舍。程澍德也深陷在悲痛之中，可这一大家子在呢，他不能倒下。他想起了申娣敏临终前看他的眼神，她是不舍，也是放不下——放不下他，也放不下她的八个儿女。

大女儿她最放心也最有出息——她在上海师大教书，和女婿又同在一个学校。最让申娣敏担心的是大儿子程志骐，他读书不成，又游手好闲，没有大姐这份志气，也不想出去工作。

大女儿程君英默默地帮着父亲料理母亲的后事。中年丧妻是人生一大不幸，看到父亲一夜之间白了不少头发，她痛在了心里。她的事业在上海，可大弟程志骐没有工作，只能靠父亲的薪水养活一家人。

临回上海前，她把大弟叫到自己房间："弟弟，母亲去世后你有什么打算?"

"我能有什么打算?父亲又看不上我,我干什么他都不顺眼,在家待着呗。"

看弟弟一副无所谓的样子,程君英叹了口气:"我走后,爸爸要靠你照顾。原来妈妈管着一大家子,以后家里的事要靠你了。爸爸要上班,顾不过来,你要多操点心。"

"放心吧,这点小事应该没有问题。"看大弟志骐满口答应,程君英也就放心起程回了上海。

旧友牵线，再续新弦

程澍德痛失爱妻，一时受不了这么大的打击，消沉了很久。可现实不允许他永远躲在对过往的怀念里，毕竟日子还是要过下去的，家里还有一大堆孩子要照顾。恰逢旧时好友梁仕义从香港回来了，学校教学工作之余，他很愿意到梁府走动走动，以排解心中的烦闷。

这天，程澍德像往常一样来到梁仕义府上，二人喝着茶，聊起了婚姻。

程澍德感慨万千："婚姻是头等大事，它决定的是你今后几十年的人生啊！一个贤内助不仅能让你在生活上过得舒适，在工作上同样能够帮到你。娣敏她是最理想的伴侣，不但有才情，而且很懂我。梁兄你去香港后，有很长一段时间，我对仕途感到绝望，举目皆是泥淖，那时候的娣敏就像一盏灯，有她在，我才不会觉得冰冷。苦恼的时候啊，在她那儿总能得到安慰。她温柔、体贴，知道我想要什么，知道我不喜欢什么，总是在我最需要的时候及时出现。唉，她这撒手一去，我也就剩孤独终老了。"

梁仕义劝慰程澍德："人生不如意事常八九，这也是天妒红颜。尊夫人贤名广布，八闽皆闻，程兄能得配如此红颜知己，也算是今生的福报吧。这种缘分，那是可遇而不可求的。想当年程兄你少年才俊、意气风发，尊夫人找上你也算是天作之合了。可是人啊，总不能一直活在过去。你看这西洋钟——"

梁仕义指着客厅里的落地四面钟，说："这西洋玩意儿走得精准吧？你看它那秒针、分针、时针，哒哒哒哒地跑得多起劲儿。可是，隔两天就得打开盖子，给它上上弦，不然他就走不动了。人也一样，程兄，你需要有人来给你时不时地上上弦哪！一样的意思，钟表慢了，它得上弦；琵琶坏了，它得续弦。"

程澍德原本没有续弦的想法，有娣敏在前，除却巫山不是云。但现实容不得太多斯文和浪漫，他要养家，还得照顾家，实在分身乏术。儿女需要人照顾，他也需要人照顾。每天回到家，形只影单，睹物思人，心里空

153

出老大一块。这空出的东西叫寂寞，它需要被填上，不然，人生的意义就会显得太过晦暗。

梁仕义对程澍德说："人生几十载，转瞬即逝，我可不是劝你及时行乐，而是劝你别让自己那么苦啊。你已居丧三年了，也等于为申娣敏守誓了三年，即便伉俪情深，也算对得起她。程兄，有合适的再娶一位夫人吧。我这不算教唆你对不起娣敏，她泉下有知也不会愿意见你过得这么苦吧？"

程澍德被梁仕义说动了："我这知天命之人了，实在动不起那个心思。若不是家里有儿女需要照顾，我自己一个人岂不更落得清闲？再说，哪有那么合适的人呢？我这年纪，总不能还惦记着找年轻女子。"

梁仕义眼睛睁大："怎么不能，你这么多年只守着尊夫人一位，你看看你周围的那些人，哪个不是三妻四妾的排场？"

程澍德摇头："那样的话，我还是宁可独身……"

程澍德不愿意像有些人纳妾那样随便，完全像买卖牲口一样挑女人。

梁仕义知道他的心思："哈哈，知道你洁身自好，不是个随便的人。咱们也犯不着跟那些人一样低级，找的话也得找个家世背景干净的、见过世面不给你露怯的，对吧？你这个事，我一直惦记着呢。程兄你如不嫌弃，我夫人的梳头丫鬟可以考虑考虑——欸，你可不要小看她是个丫鬟哪，她很有来历的。旗人，算起来还是个小格格，跟紫禁城里那位还七拐八拐地沾亲带故呢。只不过前清倒了，家破败了，落到了这步田地。她六岁时就被她哥哥送到我们府上，夫人看她聪明伶俐，上哪儿都带着她，我们可是拿她当半个女儿养呢！你我都做过前清的官，拿过前清的俸禄，多少也算念一点旧情。这样，一会儿我让她上茶，你看下是否合意。合意就收下，也算照顾前朝遗孤，不使明珠蒙尘。这孩子已十六岁了，含苞欲放一朵花，你福分不浅啊。"

程澍德还没来得及斟酌，就听梁仕义叫了声："玉贞，给客人上茶。"

一个姑娘，穿着半新不旧的衣服，托了一个茶盘过来，放了新茶，又收走旧茶。程澍德略看了一下，眉眼端正，身材也苗条。姑娘见客人看她，也不拘束，只是低头把茶换好，匆匆离开了客厅。

梁仕义笑着问："怎么样？不错吧？身材是没的说，长相有贵族气——除了不识字，这点没法跟娣敏比，你那原配可是万里挑一。可是，她还算得上年轻漂亮吧？

手脚也麻利，煲得好汤，烧得好菜，娶回家去，家务上总可以帮你分担不少嘛！哈哈。"

程澍德心动了，家里的杂事自有下人们做，但是内务总管总是需要一个的："就是我这把年纪，怕委屈了人家……"

"委屈什么？程兄你年富力强，又是在大学里高就，她能有什么可挑剔的呢？过了门，说不定还给你添丁进口呢！你要愿意，我也不要什么彩礼，还陪送嫁妆，就当是自己嫁姑娘，保证让你满意，也让她满意。等等，既然是嫁姑娘，那就再送给你一个陪嫁丫鬟——你就等着做新郎官吧。"

话说到这个份上，也不容程澍德不答应了："还是得先问问人家姑娘的意思，现在不比从前，这种事得两相情愿，勉强不得。"

程澍德走后，梁仕义找到夫人说："你身边的梳头丫鬟苏玉贞，我做主嫁给程澍德了。"

梁夫人吃了一惊："程澍德？人品学问都没的说。可这半大老头子，大了玉贞整整三十岁，这能般配吗？这样会不会太亏待玉贞了？乱点鸳鸯谱！"

"你知道什么？玉贞嫁过去不是做妾，程澍德原配不在了，玉贞过去虽然是个填房，但等于还是做大老婆。程澍德是大学教师，一个月三百块大洋，有房子，有佣人，苏玉贞嫁过去不会吃苦，是去享福。如果能生出个一男半女来，那日子不比在我们这儿强？咱们待玉贞不薄，可她毕竟是个下人。她要嫁年轻的，也只能嫁府上的厨子或车夫，不然还不是要出去给人做妾？与其那样，哪有嫁给程澍德好？人家有钱，有学问，玉贞嫁过去吃什么亏？人家原配是读书人，岳父有钱还是个藏书家。玉贞大字不识一个，怎么跟人家原配比？她倒是有个做过皇亲的哥哥，只不过现在只能去拉黄包车。"

梁夫人被说动了："你这么一说确实有些道理。还是明天问问玉贞，看她自己愿不愿意嫁。她有个好归宿，我们也算对得起她了。这孩子可怜，六岁到我们这儿，我还真舍不得她走。你还打算送个陪嫁丫头？那就把刘菊香陪过去吧？她和玉贞最要好，两个人在一起也不孤单。"

梁仕义听说要陪送刘菊香，心里很尴尬——刘菊香长相甜美，人又乖巧，梁仕义本有意收到自己房内，但是他惧内，一直没敢开口。

第二天，苏玉贞给梁夫人梳头，梁夫人把事儿跟她挑明了："……我和老爷说好了，这件事任凭你。你如果愿意，我就像嫁女儿一样张罗着把你嫁过去，刘菊香作为陪嫁丫头也一起过去。你和刘菊香是最要好的小姐妹，你们两人过去，你是主她是仆，你不会吃苦，她也有饭吃。"

苏玉贞听梁夫人这么说，心里明白了几分，那天老爷叫自己给客人上茶，原来是要自己嫁给那个人。她对程澍德的印象不坏，斯斯文文的，还是大学教授。但他年纪这么大，都可以做自己父亲了。可夫人说了，要嫁年轻的，也只能是厨子或车夫里挑一个。苏玉贞不愿意再过那种清贫的生活。从她记事起，家就破落了，她过够了穷人的日子，再也不愿意在里面挣扎了。她希望能过上像梁夫人这样的生活，每天不用干活儿，逛逛街，买买衣服，听听戏。她同意嫁给程澍德，至少嫁过去衣食无忧，不用受苦。

那个时代，女人没有经济独立的能力，只有嫁人一条路。嫁个有钱人可以一切都由自己做主，再也不用听人使唤、做下人了。对梁夫人的安排，苏玉贞还是心存感激的，毕竟没有哪个主人会把丫鬟当女儿看，为丫鬟张罗婚事的。唯一遗憾的就是嫁的人年纪大了一些，可是，世上有十全十美的事，也轮不到自己啊。

程澍德这次是续弦，送亲的队伍自然比不得原配申娣敏出嫁时那样十里红妆的风光，但也像模像样，排场和有钱人嫁女儿一样。送亲的队伍挑着嫁妆，以花轿为龙头，在北京的街道上排起了长龙，起居用品、针织女红、婚嫁服饰、吃穿用度，一应俱全。苏玉贞坐在花轿里，透过轿子的缝隙向外张望，她觉得至少现在算是嫁对了，嫁给厨子或车夫哪里会有这个排场？陪嫁丫头刘菊香跟着走在花轿旁，心里眼里满是羡慕，自己怎么没这个好命嫁到这样的大户人家呢？哪怕做小也好。可叹自己心比天高，命比纸薄，到头来还是个丫鬟命，一辈子要伺候人。

　　北京人迎亲，有很多讲究。程府内搭了喜棚、布置了喜房，单等新姨娘进门了。苏玉贞送亲的仪仗，模仿着前清官员出行的排场，前有引马，后有扈从，一路吹吹打打，护送着新娘的红缎绣花八抬大轿抵达程府。程府的大门紧闭，陪嫁丫头刘菊香在外叩门，程府的人赶紧过来开门，紧接着鼓乐喧天。左邻右舍都出来看热闹，把程府门前挤得水泄不通。花轿抬入程府，陪嫁丫头刘菊香把准备好的"子孙碗箸"带给程家。新娘苏玉贞戴着红绒花，头上"红罗盖头"，一身大红吉服，被刘菊香搀着送进了洞房。

　　送亲的队伍领了赏钱纷纷散去，巷子里看热闹的人们也各自回家了。程家的七个孩子好奇地看着这一切，他们内心是不愿意这个新姨娘进门的，在他们心里，自己母亲的地位无人可以替代。

　　只有大姐程君英同意父亲的婚事。她希望父亲有人照顾，也知道弟妹们的秉性。有句俗语叫："亲生儿女不如半路夫妻"，她不想父亲晚景凄凉。

　　父亲执意要娶新姨娘进来，在家的子女无力阻止，他们不能像大姐一样自食其力，要依靠父亲生活，只能眼睁睁地看着新娘进门。听说新娘只有 16 岁，是父亲的好友梁仕义家的梳头丫鬟，大字不识一个，可父亲喜欢，子女是无权反对的。

　　入夜，新郎官程澍德送走了来贺喜的亲朋，回到自己卧室。见新娘一动不动地坐在床沿，程澍德猛然想起，新娘还没吃过晚饭。他高声吩咐下人："快给夫人带饭上来！"

　　程澍德挑开了盖头，盖头底下的人，比当初在梁府见到时更加漂亮，果然是人靠衣装。新娘子低着头，含羞带笑，像是含苞欲放的花朵。下人送来了晚餐，饿了半天的苏玉贞大快朵颐，这是在梁府里都没尝过的美食。

"夫人，辛苦了，难为你在这儿枯坐了这么久。"

苏玉贞听程澍德叫她"夫人"，不由心里一震。这个称谓她相当熟悉，那是过去自己称呼别人用的，现在却被别人用来称呼自己。这不正是自己所希望的吗？眼前这个男人虽然老了些，但对自己还算体贴。看程澍德不停地往自己碗里夹菜，苏玉贞一股暖流流向全身——六岁以来，还从没有一个人对自己这样好过，她不由得流下了眼泪。

一看自己的新婚妻子哭了，程澍德慌了神，他还以为是梁仕义没把话讲清楚，强迫玉贞嫁给了他："娘子……姑娘，如果不愿意嫁给我，明天我就送你回梁府，为你再觅良缘。"

"不是，老爷，我愿意嫁给你，只是——老爷你要答应我，娶了我之后不能再纳妾。"

听了苏玉贞的话，程澍德笑了："这有何难！我就娶你一个！"

得了程澍德的承诺，苏玉贞破涕为笑。大户人家纳妾是家常便饭，争风吃醋的事她见多了，这是苏玉贞深

恶痛绝的。程澍德承诺不纳妾，专宠她一个人，这是多
少女人梦寐以求的事啊！总算老天有眼，嫁了个好人，
苏玉贞感慨自己的命还不算差。

程澍德为新娘脱去大红的吉服，苏玉贞害羞得脸涨
得通红，今后这一生就要交给这个男人了。但是苏玉贞
对程澍德的感情没有那么深厚，他们的婚姻是纯粹建立
在经济基础上的，没有经历过大风大浪、同甘共苦的日
子，也没有来自心灵的契合。这对老夫少妻的婚姻注定
不会美满持久。

天命之年，又得娇女

嫁给程澍德，苏玉贞有种心安的感觉。程澍德对苏玉贞宠爱有加，自从有了苏玉贞后，书房里就有了人陪伴。除了到学校教书，程澍德大部分时间都在书房度过，备课、读书、写文章。苏玉贞不识字，她不能像申娣敏那样帮助程澍德，只能静静地坐在一旁看丈夫工作。程澍德也很喜欢有个人陪着自己，会时不时地抬头看看自己的新婚妻子。

夜深了，苏玉贞会亲自下厨为丈夫准备夜宵。她会换着花样给丈夫做些可口的小菜和点心，她不像前任夫人那样是位女才子，所以更要让丈夫看到自己的价值。花钱上，程澍德都能满足她。程澍德除了学校每月的工资，还有稿费进账。从小到大，苏玉贞还从没经手过这么多钱。她花钱也不是大手大脚，但喜欢的一定会毫不犹豫地买下来。如今再也不用为吃穿发愁了，她真正成了这家的女主人。苏玉贞感觉自己没嫁错：程澍德斯文儒雅，不像别家的丈夫会家暴老婆出气；并且也没有和公婆相处的烦恼；前夫人留下的孩子也已经大了，只需照顾他们吃饱穿暖就可以了。苏玉贞和程府里的少爷小姐们没有太多交流，孩子们对这个后妈也保持着距离，彼此相安无事倒也清静。日子就这样一天天平淡地度过。

黄包车夫每天送完老爷回来，一定会去问问新太太有什么安排。这位新太太和以前的太太不一样，以前的太太喜欢在家里教孩子们读书，喜欢待在老爷书房里看书，不太喜欢出门。而这个新太太喜欢看京剧，也喜欢逛裁缝店，更喜欢逛商店购物消费。

车夫来到客厅听候新太太吩咐。苏玉贞叫上刘菊香，主仆二人坐上黄包车直奔当年梁太太经常光顾的裁缝店。这家店坐落在新街口，是一家正宗的北京裁缝店，价格不贵而且做工精细，很多北京的达官贵人都是这里的老主顾。苏玉贞也经常陪着梁太太来这里做衣服、改衣服，跟老板伙计都熟悉。

"夫人有失远迎，想做哪种式样的旗袍？"看主仆二人下了黄包车，店家满脸堆笑地迎到了店门口，他略一打量苏玉贞的一身珠光宝气，就知道原来梁太太的贴身丫鬟确实是嫁了个有钱的主儿。

店老板亲自接待了她们主仆俩。对这家裁缝店的面料和环境，苏玉贞是再熟悉不过了。只不过那时候自己是下人，全凭梁太太恩赐自己几尺布做件衣服，颜色式样都得人家说了算，不能合自己心意。如今自己是女主人了，可以随心所欲地做自己想要的衣服了。

店老板察言观色，热情地拿出了今年最流行的布料："夫人您看，这款天蓝色的绸缎花样漂亮，配您的皮肤刚好，显白，更显得人精神漂亮。"

苏玉贞对店老板推荐的面料花样爱不释手。

"玉贞，也给我做一件。"边上的刘菊香看得也喜欢，冷不丁地说了这么一句。苏玉贞不禁皱起了眉头。

店老板站在旁边看得真切，和颜悦色地又拿了块全棉布料给刘菊香："小姐，太太适合那块料子，你适合这块料子。这块布料才配你的身份。"

刘菊香接过店老板递过来的料子，眼前一亮，茄子色，粉红色的小花，一看就很亮眼。店老板几句话点醒了她，自己是个下人，怎么能和女主人穿一样的料子？

主仆二人量好尺寸从裁缝店出来。刘菊香百感交集，自己不能像苏玉贞那样嫁个好人，原指望做个陪嫁丫头，能让程澍德也收进房里，从此就可以不再做下人伺候人了，没想到程澍德已许诺了苏玉贞不再纳妾，看来这条路是行不通了。老东家梁仕义对自己有意，怎奈梁老爷惧内，不敢纳她为妾。自己的命怎么就这么苦，碰不到一个好男人，难道就一辈子做下人不成？

苏玉贞很喜欢看戏。以前，梁夫人经常带苏玉贞到戏院看戏，最常去的是北京开明戏院。开明戏院在珠市口西大街，有800多个座位，名角梅兰芳、杨小楼、余叔岩等都在那里登台演出过。开明戏院的首场演出，她记得是梅兰芳的《贵妃醉酒》，梁夫人带她去的。她记得清清楚楚，票价是十二块银圆，这可是普通老百姓一个月的开销。十二块是名角戏的票价，普通戏只要两三块就可以了。

那时候看戏，苏玉贞得在梁夫人身边站着看，但她不会觉得累，因为她喜欢看戏。如今自己掏钱看戏了，终于有了自己的座位，不用再站着看了。在北京，大多数阔太太都是拿看戏来消磨时间的。程澍德在学校教书，苏玉贞也就有时间带着菊香出来看戏，一看就是一下午。现在有自己的黄包车夫，只要有名角来京城演出，苏玉贞一准带着菊香去戏院捧场，她以前有这个爱好，现在也有钱来满足这个爱好。刘菊香也感觉做个陪嫁丫头还不错，不用干粗活儿，玉贞吃肉她也能喝碗汤。除了没有丈夫，这种生活倒也不错，至少不用为吃穿发愁了。

　　结婚不久，苏玉贞就有了身孕。

　　这天，程澍德拿起公文包要去学校，转头看到刘菊香正和自己的大儿子程志骐在走廊上说话，接着就听到苏玉贞呕吐的声音。程澍德一脸不高兴，大声叫道："刘菊香！"

　　程志骐赶紧走了。刘菊香诚惶诚恐地来到程澍德面前："老爷。"

　　"太太吐成这个样子，你这个陪嫁丫头怎么不在身边陪着？还不快去问问要吃什么，吐完了还得再吃，不然肚里的孩子没营养了怎么办？"

　　"是，老爷。"刘菊香回过头一看，哪还有程志骐的身影。

　　听到父亲训责刘菊香，程志骐逃得比兔子还快。他早已成年，母亲在的时候每天逼他在书房看书练字。他最不喜欢读书了，无奈母亲逼得紧。现在母亲走了，没人约束他了，到了婚配年纪也没成个家，整天在府上游手好闲。现在虽然有了新姨娘，但年纪还没他大，这个姨娘他也从来不叫，她也不管不问他的事。倒是这个陪嫁丫头刘菊香经常找他说话，给了他不少安慰。在程府里，他不愁吃不愁穿，但心里的苦闷有谁知道呢？这让他怀念起母亲在的时光，母亲虽然严厉，但他能感受到母爱的温暖。现在母亲走了，父亲忙于做学问，现在又有了新妻子，很快还会有新的弟弟妹妹。他这个大少爷在家中没有任何地位，也没有发言权。父亲不关心他的婚事，也不操心他想不想工作。下面弟弟妹妹还小，谁能理解他呢？大姐劝他自力更生，可自己又没把书读好，到社会上怎么谋生呢？

十月怀胎，苏玉贞要生了。

程澍德叫来了接生婆，程府上下忙成一团。苏玉贞很怕，这是她第一个孩子，她从未经历过这样的痛苦，大滴的汗珠往下滚落，脸早已因痛苦而变了形。丫鬟、接生婆不断地从产房进进出出，程澍德在客厅坐立不安。过了许久，苏玉贞痛苦的呻吟声被婴儿的啼哭声所取代，接生婆跑着出来道喜："恭喜老爷，喜得一位千金。"

程澍德听说母女平安，三步并作两步到了卧室。

苏玉贞一脸疲惫："老爷，生了个女儿，让你失望了。"

"说哪里话，生男生女都一样，都是我们自己的孩子。"虽然是个女儿，但对程澍德而言一样值得高兴，自己都到了知天命的年纪还有生育能力，说明身体还不错。苏玉贞年纪尚轻，以后还可以再生，生个儿子应该没有问题。

苏玉贞注意到程澍德的眼神，无论看她，还是看女儿，都很柔和。

苏玉贞这个月子坐得称心：一天五顿，三餐正食两餐点心，奶水也多，足够女儿吃。程澍德这个丈夫也还算称职，时不时关心她们娘俩儿，经常到房里来看看、抱抱女儿，对女儿很是疼爱。程澍德晚年得女，这个小九子，他是喜欢的。不管多烦心，只要一看到女儿的小脸儿，他就心安了。

刘菊香打心眼儿里羡慕苏玉贞。苏玉贞吃的、穿的，孩子的穿戴，哪样不是最好的？苏玉贞的月子餐，刘菊香见都没见过；苏玉贞喝不完的汤，刘菊香端到厨房前就能喝个精光。想想自己的命真苦，怎么就没有嫁个好人家的命呢？这做下人的日子何时是个头？

小九子一天天长大了，满月的日子也越来越近了。程澍德想起自己生大女儿时办的满月酒，那叫一个风光，同样是女儿，不能厚此薄彼。

程澍德跟苏玉贞商量："夫人，孩子的满月酒你打算怎么办？"

"老爷，前面几个孩子怎么办的，我女儿也一样就可以，由老爷定。"

程澍德点点头："好，那就让府里的厨房师傅去操办。之前几个孩子的满月酒都是他们弄的，我只要请人来吃就行了。"

"梁老爷你请吗？"

"梁老爷一定得请啊，他是你东家，又是我俩的媒人，梁兄和我还是多年好友，他一定会来的。"

"梁老爷来，一定会给小九子带礼物过来。回什么礼物给他呢？他们家里又不缺钱。我知道梁夫人喜欢首饰，我送她副耳环，她一定会喜欢的。"

"送什么你来定吧。你在梁府这么多年，梁夫人的心思你最懂，否则他们也不会这么看重你，让你这么漂亮的姑娘嫁给了我。"

苏玉贞脸红了，嗔怪地叫了声"老爷"。这天晚上，是苏玉贞怀孕后和程澍德第一次同房，二人如胶似漆。苏玉贞感到嫁对了人，丈夫疼爱、钱财富足、生活安逸，这不正是自己一直想要的生活吗？

小九子的满月酒办得还算风光，程澍德府上下张灯结彩、高朋满座。程澍德请来的客人，不光有亲朋好友、清华的同事，还有几个和自己关系不错的京城头面人物。程澍德红光满面地接待着来宾，陪嫁丫头刘菊香把染成红色的鸡蛋作为伴手礼，送给来吃满月酒的来宾。苏玉贞身着天蓝色小碎花真丝旗袍，抱着满月的小九子迎接宾客。来宾也纷纷送上贺礼，有奶粉、小孩衣帽、长命锁、项圈、手镯。

　　梁仕义夫妻也到了，为小九子送上了一对银手镯。苏玉贞接过礼物，谢过二位旧东家，又递上自己给梁夫人准备的礼物："多谢您二位赏光。这是我特意为夫人挑的一副耳环，不知合不合夫人的心意？"

　　梁夫人看到耳环两眼放光，这不正是自己心仪的耳环式样吗？

　　"玉贞啊，你真是有心了，知道我的心思。谢谢你啊！"梁夫人接过耳环，连声致谢。

　　来宾一同举杯，祝贺程府又添新丁。

　　这个满月酒办得体面，让苏玉贞的虚荣心得到了极大的满足。今天来的都是京城有头有脸的人物，这是多少女人梦寐以求的场面啊！

志骐有爱，菊香产子

刘菊香作为陪嫁丫头来到程府，每日里尽心服侍苏玉贞，帮着照看小九子，日子像流水一样过去。她觉得自己的青春也像水一样无声地流走了。虽然苏玉贞当她是小姐妹，并没有亏待过她，但主仆关系永远改变不了。要改变命运是何其难啊？这程府的深宅大院，隔断了她与外界的往来，她不甘心就这么耗死在这里。她一直在寻找一个机会，摆脱做丫鬟的命运。

机会总是会垂青有准备的人。程家大少爷志骐，竟然会找她这个丫鬟说话。刘菊香紧紧地抓住了这根救命稻草。生活是一个池塘，水面之上鸟语花香，水面之下漆黑无光，她要抓住点什么，不能沉到水下面去。

她时不时地跑去大少爷的房间，送上自己绣的手帕、自己打的毛衣和手工做的布鞋。正在苦闷中的大少爷志骐，感觉到一种久违的情感在向自己靠拢。他好久没有被人关爱了。父亲不是不爱他，父亲只是忙，他忙于写文章、备课、教书，没有精力过问他的感情生活，也不知道他想要什么。

母亲在的时候，对他要求很严格，甚至有点严厉。当时他感到厌烦，可现在回过头来看，母亲会为他着想，会安排他的人生。如今他如同被人抛弃的小鸟，任由自己飞翔，却漫无目的。

刘菊香的出现，是他晦暗无色的世界里的一点春光。有个女性关心体贴，正是他所需要的。刘菊香长相甜美，又善解人意，虽然不是门当户对，但做个妾是绝对没有问题的。父亲大概也不会极力反对。所以，对刘菊香暗送的秋波，程家大少爷也就笑纳了。

刘菊香端了一碗红枣汤，进了大少爷志骐的房间。

"哪弄来的？"他不解地问道。

"给我家夫人烧的，我多烧了点，给你带过来尝尝。"

志骐感激地看向刘菊香。自从苏玉贞进了门，他们七个子女就只能在另一张桌上吃饭了。现在，父亲只和苏玉贞、小九子一起吃饭。他已经很少能见到父亲了，对这个年轻的后妈，他说不上是恨还是讨厌，他感觉只有眼前的刘菊香能带给他温暖。

　　志骐一口气喝光了红枣汤，把碗递还给刘菊香。刘菊香端着饭碗正想离开，没想到被志骐一把拉入怀里。郎情妾意，郎缺感情，妾有心意。两个年轻人如干柴烈火，彼此完成了自己人生的一大抉择。刘菊香觉得，从此她就不再是一个丫鬟了，而是程家的准儿媳妇。

　　那之后，刘菊香再也没有回过自己的房间过夜，他俩在志骐的房间内过起了二人世界。直到有一天，她怀孕了。

　　起先，刘菊香与志骐眉来眼去，苏玉贞当然有所察觉，自己小姐妹有个好归宿是好事，她也愿意刘菊香能在程府有个名分。苏玉贞也知道，程澍德不会让儿子正式娶刘菊香，但做个妾应该是没有问题的。只要刘菊香为程家生了孩子，她这个儿媳的地位是可以保持下去的；志骐不正式娶太太，那她等于就是准太太。后来，刘菊香与志骐住到了一起，她也是睁只眼闭只眼，不做干预。直到这天，刘菊香神色慌张地跑来，让苏玉贞给她拿主意。

　　"我怀孕了，可怎么办哪？"

　　"生下来呗。"

　　"程老爷不同意怎么办？会不会认为我败坏家风，把我赶出去？"刘菊香不无担心地说道。

"你怀着程家的骨肉，怎么会把你赶出去？只不过给不了你名分罢了。别急，等晚上老爷回来，我试探下他的意思。"苏玉贞安慰刘菊香道。

"谢谢玉贞，你真是我的好姐妹，处处为我着想。如果大着肚子被赶出去，又身无分文，岂不是很惨？"刘菊香可怜兮兮地说。

"放心吧，有我一口饭吃，也一定少不了你的。"苏玉贞拍拍刘菊香的肩膀，"你现在主要任务是保胎，重活儿就别干了，让别人去做，想吃什么跟厨子说一声，孩子平安生下来再说。"

刘菊香感激地朝苏玉贞点点头，有个好姐妹也是一种福分。刘菊香身世比苏玉贞也好不到哪儿去，两人同在梁府为奴，同为一个主子服务。主人对她们还算不错，把她俩一起送到程府，相似的命运使两人惺惺相惜。现在有了苏玉贞这个明确的表态，刘菊香像吃了颗定心丸，心宽了不少。

程澍德下班回来，苏玉贞立马迎了上去，接过公文包，给丈夫递上了茶："老爷，和你说件事。刘菊香和大少爷志骐好上了，还怀上了程家的骨肉——就让大少爷收了房吧！"

程澍德吃惊不小，他见过刘菊香和志骐在走廊上聊天，可怎么也没想到会聊到床上去。他有点自责，老大已到了婚娶的年纪，自己却疏于关心，忽视了儿子的婚姻大事。

他沉下脸来："明天，去请个媒人来。我们程家书香门第，说什么也得明媒正娶。刘菊香就算怀上了程家的骨肉，也只能做妾。"

"好，老爷，我明天就去。"苏玉贞不敢违背丈夫的意思，这样已经是不错的结果了。

第二天，黄包车拉回来个穿着一身大红裤褂的媒婆，程家孩子里年长的几个好奇地伸长了脖子，已到婚嫁年纪的他们不由得担心起来——不知道自己的父亲会怎样安排自己。最担心的就是大少爷志骐了，刘菊香怀上了自己的孩子，万一父亲逼自己娶个不喜欢的人怎么办？刘菊香虽然不识字，但她合自己心意，既聪明又伶俐，对自己又体贴，还善解人意。程府的气氛让他感到窒息，刘菊香就是他的空气。看到媒婆进了程府，志骐知道是冲着自己来的，焦躁得像热锅上的蚂蚁。

媒婆要了大少爷的生辰八字，说："太太，我呀先把少爷的八字请回去，看跟哪家小姐的八字相合，有了合适的，再来回禀老爷、太太……大少爷一表人才，老爷又是翰林出身，这么好的家世，哪家的小姐也得排着队任咱们挑挑拣拣哪！一定得找个门当户对的才行，太太您就等着好消息吧！"

刘菊香在一旁听得心惊肉跳，送走媒婆，她悄悄地跑到苏玉贞房内，还没说话眼泪就流了下来："玉贞，这可怎么办？大少爷要娶了夫人，还能要我吗？"

苏玉贞说："媒婆是老爷吩咐我叫来的，那也是没办法的事。这事就得看你了——只要大少爷他坚决不娶，不就可以了？"

刘菊香擦干了眼泪。对呀，只要大少爷不同意婚事，自己名义上是妾，实际上是妻，又有啥区别呢？想到这里，刘菊香似乎看到了希望。

入夜，刘菊香躺在大少爷怀里，泪眼婆娑："老爷要给你娶妻，那我怎么办？"

"你放心，我爸给我安排的我是一个都不会娶的，我只要你一个。"大少爷程志骐一本正经地说。

"真的？"

"这还会有假？放心吧，你安心把孩子生下来。"

刘菊香心里如吃了蜜糖一样甜，都说有钱人家的男人靠不住，这个大少爷对自己用情这么深，不像是会辜负自己的人。

一星期后，媒婆又来了。

她给志骐保的媒是京城江府的小姐："老爷、太太，这江家财大气粗，想必您也有所耳闻，那是京城有名的大富之家。您家是书香门第，他家是腰缠万贯，可谓珠联璧合。两人的八字也合，这不就是天上掉下来的美满姻缘吗？这位小姐啊，是白氏太太生的，虽说是庶出，但也是知书达理的有钱人家……"

程澍德点了下头，这江老板他有所耳闻，他有五房太太，不知道这白氏是哪房太太，顺口问了句："你说的这位江家小姐，是江家哪位太太生的？"

"是二太太。"媒婆回道。

程澍德不禁皱起了眉头。江老板的二太太，据说是京城有名的戏子，被江老板花大价钱赎出来的，这事曾经闹得满城风雨。

看程澍德脸色不对，苏玉贞先拿两块银圆打发走了媒婆。

送走媒婆，苏玉贞问程澍德："这家小姐，老爷你不满意？"

程澍德满脸不屑："你不知道——这江府的二太太是个戏子，她生的姑娘，怎么能配得上我的儿子？"

原来是这样，苏玉贞趁机说："老爷，我明白你的意思，可这是给大少爷找媳妇啊，是不是也得问问他的意思？不然我们不也是瞎忙活？"

程澍德点点头，决定和儿子好好谈谈。

听到父亲叫他，大少爷程志骐小心翼翼地走进了父亲的书房。他知道，这一定是为了他的婚事。对这个父亲，他是又敬又怕，虽然父亲从小到大没打骂过他，但在他眼里父亲有种威严让他望而生畏。

刘菊香急得像热锅上的蚂蚁，在苏玉贞房间里不停地来回踱步，她知道这是决定她命运的时刻："玉贞，怎么办？老爷连出身豪门的庶出小姐都不要，我一个下人，他一定不会同意我和大少爷的。"

苏玉贞淡淡地笑了笑："你急什么，你跟她能一样吗？你是生米煮成了熟饭，还怕啥？生出来的孩子姓程，老爷不会不要程家的长孙吧？只是老爷肯定也不会给你名分，只能指望大少爷有良心，对你好些。"

刘菊香不由得点了点头。

书房里，程澍德正在对儿子训话："你也老大不小了，该娶妻生子了。为父会为你安排婚事，你要有所准备。"

"父亲，我和刘菊香情投意合。她现在怀孕了，没几个月就要生了。我现在娶妻是不是有点不合适？"程志骐边说边看父亲的脸色。

"刘菊香？她出身低微，怎能明媒正娶？让街坊邻居笑话。"程澍德一脸严肃地说。

"我答应过她，只爱她一人。"程志骐小心地回话。

"混账！子女婚事一向是父母做主，由不得你乱来！"程澍德气不打一处来，脖子上的青筋肉眼可见。

"大姐的婚事还不是自己做主？她嫁了自己喜欢的人，我娶自己喜欢的人又有何不可？"

程澍德气得额头上青筋暴起，怒吼道："你大姐嫁的是什么人？是大学教授！你娶的是个什么？是陪嫁丫鬟！他们有可比性吗？"

程澍德使劲地拍着书桌，大少爷志骐从没见过父亲这样发火。苏玉贞听动静不对，马上跑进书房，给大少爷使了个眼色："看把你爸气的！大少爷你先出去，让你爸消消气。"

大少爷趁机退出书房。

苏玉贞劝道："老爷，别生气，儿大不由爹，他不愿意就别逼他了。再说菊香还有几个月就要生了，你有爷爷做，我有奶奶做，一大家子好好过日子，别再生气了。"

　　程澍德看了苏玉贞一眼，睿智如他，已经看出了一丝端倪——估计她们主仆早就串通好了。也罢，省点心吧，管不了就随他，反正生出来的孩子都是程家的种。

　　刘菊香的肚子一天天大起来，转眼就要临盆了。苏玉贞叫来了曾为自己接生的接生婆。程府上下笼罩在一种紧张热闹的气氛里。

　　刘菊香叫一声，大少爷心里就紧一下，自己也要当父亲了。

　　刘菊香捏着苏玉贞的手，脸上的汗珠像豆粒一样滚落："痛死我了，痛死了……"

　　"女人生孩子都疼的，除非你不想生。"苏玉贞好言安慰着。

　　"我要生，大少爷说他喜欢孩子。"刘菊香喘着气说着。

　　"羊水破了，使劲！"接生婆大声叫道。

　　一声啼哭，一个男婴出生了。

苏玉贞好兴奋："哇，一个男孩。程家大孙子出生了！"

听说生了个男孩，程澍德丢了几个月的笑容又回到了脸上——他有孙子了。

自从产下程家长孙，菊香也平添了不少底气，程老爷也没再逼大少爷娶妻。

菊香的这个月子坐得不比苏玉贞差，苏玉贞吃到的她刘菊香一样不少也吃到了。菊香感到欣慰，终于脱离苦海了，虽然只能是个妾，可这辈子在程家也不愁吃穿了。刘菊香终于遂了自己的心愿，她为大少爷先后生下了四个儿女，可惜，到最后一个也没留在自己身边。

学者来访，终获幺女

原配申娣敏去世后，程澍德的世界变了很多。夜深人静，独坐书斋，说不出的寂寞和凄凉。娣敏在的时候，这书房里是两个人，他著书作文，她为他查找资料，整理书稿；如今一切都得自己来。有时，程澍德的耳边就会响起娣敏的声音："澍德，你来看这篇文章……"程澍德明白，这不算是幻听，而是他的"心声"——娣敏从未离开过他，她一直陪在他的身边，陪他写作，陪他看书。

1931年1月28日，日寇空袭上海，上海的商务印书馆也未能幸免于难，很多珍贵书稿毁于一旦。这可算是中国文化史上的一场劫难。程澍德寄给商务印书馆的书稿，也毁于战火之中。

1933年，程澍德喜得小九子，失去爱妻的悲痛也渐渐被老来得子的喜悦所平复。不久遇到友人约稿，程澍德以四十日之功撰写成《宪法历史及比较研究》，同年九月，由荣华印书局出版。《宪法历史及比较研究》是程澍德用心之作，他运用比较之法解释了宪法的概念、原理、世界通行之制度；也将与宪法相关的国家领土、人民、统治权、行政机关、立法机关、司法机关等作出了相关解释。程澍德曾在申府的藏书楼阅读过不少这方面的书籍，所以写起来也得心应手。

《宪法历史及比较研究》是一部应约之作。程澍德很谦虚，不掠人之美，在书中反复强调其乃游戏之作、非传世之书——"于新籍未一措意也，因友人约稿，提供现成资料，姑以之作为一生治宪法学之结束而已"。

程澍德这时已决意要珍惜光阴，著传世之作。回忆北洋时期，曾经的制宪过往像电影一样从脑海里闪回，转眼之间，已成陈年往事。抚今思昔，能不感慨？《宪法历史及比较研究》全书十三万字，是程澍德最后一部法学著作；自此，他的学术研究和著述开始转向国学。

1933 年，程澍德五十七岁，这时的他已经患上血管硬化症，经常头晕，行动受限，看了不少郎中，但时好时坏。

这一年，美国、德国、日本和荷兰的学者，专程到宣武门程氏寓所拜访程澍德。

程澍德在宣武门买下的宅子，有前后两进院落，大门朝南，门两侧各有一方形门墩。程澍德一袭长衫，在门前迎候到访的各国学者。

来宾们进了大门，迎面是一座影壁。绕过影壁，前院有北房三间，是会客厅和书房。宾主在客厅坐定，苏玉贞为客人沏上上好的龙井茶。

"这是西湖龙井，上好的明前茶，味道不错吧？"程澍德向客人介绍。

"是呀，这茶好，满口生香啊！"客人与程澍德相谈甚欢。客人们的这次拜访，主要是和程澍德探讨中国法制史的问题。这次交流，也促使程澍德萌生了撰写《中国法系论》的想法。

1934 年，程澍德五十八岁。这一年，程澍德在《法律评论》上发表了《论中国法系》一文，在法学界提出了新的观点。

1935 年，程澍德五十九岁，妻子苏玉贞又怀孕了。苏玉贞这次怀小十子，妊娠反应比怀小九子时还厉害——什么都吃不下，吃下去就吐，折腾得苏玉贞再不想生孩子了。连生了两个女儿，程澍德还想要个儿子。

但苏玉贞却不想再生了，遭这个罪，何时是个头儿啊？

小十子出生后，苏玉贞背着程澍德干了一件大事。她经人介绍，偷偷地找到一家德国医生开的私人诊所。苏玉贞没有叫刘菊香跟着，也没叫家里的黄包车，而是花三个铜板叫了辆外面的黄包车。

苏玉贞按照介绍人给的地址找到了那家私人诊所。这是一个开在民宅的小诊所，推门进去，只有那个德国医生和一个护士。

德国医生看苏玉贞年纪不大，还很健康，用狐疑的眼光看着苏玉贞："太太，看病吗？"

苏玉贞也不客气，单刀直入："听说吃了你的药丸就再也不会怀孕了，是真的吗？"

德国医生马上警惕起来："夫人，你生了几个孩子？吃了我的药，从此就不能再生育了，你丈夫同意吗？"

"我已经生了两个女儿，不想再生了——太痛苦了。"

医生摇摇头，这事比较麻烦，万一被患者的男人知道，找上门来，那可不是闹着玩的。

"你的丈夫难道不想再生个儿子？没有你丈夫同意，我这药不能给你吃。"

苏玉贞急了："只要我不说，我丈夫怎么会知道？只有天知地知、你知我知。我不会让任何人知道。我付你双倍药钱总可以吧？"

苏玉贞铁了心，终于吃到了不孕药。

苏玉贞不是不想为程澍德再生个儿子，实在是身心俱疲。她一连生了两个女孩，但听人说，要连生五个女儿才会生个儿子。这什么时候才是个头啊？怀孕难受，生孩子又是这么钻心的痛，这让苏玉贞彻底绝望了。程澍德很宠爱小九子与小十子，这让苏玉贞放心了不少。都说养儿防老，倒也不见得，女儿一样可以防老。自己的娘家哥哥，还不是全靠她来接济？这么看来，儿子还不如女儿让人放心，只要女儿嫁得好，照样可以养女防老。事实上，苏玉贞最后还是靠着小九子养老送终。

小九子、小十子的出生，给已进入暮年的程澍德带来很多乐趣。程澍德开始撰写《中国法系论》一书。程澍德在书中说："……暮年欲覃精研思、全力以赴的法律史集大成之作。惜天不假年、未竟全功，但仍具著书之体裁"，实在是遗憾。这部书有传世之价值，是值得珍视的法律史学术著作。

1937 年，已经六十一岁的程澍德，将旧稿中无关国故的部分析出，为《晚榆杂缀》二卷；将《中国法系论》已成稿附入，定为《国故谈苑》六卷。之后，程澍德专心写作《论语集释》，这也是程澍德离世前的最后一部著作。

日寇侵华，失去教职

1937年7月7日，卢沟桥事变爆发，8月底，整个华北基本上沦陷于日寇的铁蹄之下。北平沦陷后，大批官吏士绅、名人雅士、商贾艺人、贩夫走卒逃往南方。北平城因此冷清了不少，但是这里依旧是中国最重要的城市。北平拥有许多重要的大学，居住着许多名人学者。

1937年10月13日，日军占领清华大学，强占了所有宿舍、办公楼，就连科学馆、生物馆也驻满了日军。校内的员工全被驱赶出来，日军的军马在校内奔跑呼啸，偌大的清华园成了侵略者的天堂。程澍德从此失去了教职。因为身体原因，也因为家中子女众多，他不可能跟随学校远行搬迁。清华大学决定南迁到长沙时，程澍德无法追随，无奈选择留在了北平。

日伪临时政府成立，大部分留居北平的官员和社会贤达人士，并不愿意与日伪当局合作。这些人大多有自己的产业，有的开店，有的办厂，另谋生存之路。作为教书匠的程澍德，一没有房产可供收租，二没有店铺用以获取商利；对于他而言，失去了教职就等于失去了经济来源。更让程澍德难受的是，空有一腔爱国热情，却无用武之地。他恨这些日本人，虽然他在日本留过学，但对日本人的野兽行径一样怒火中烧，只是无计可施。

日伪政府知道程澍德在法学界很有声望，又曾在日本留学，多次派人到宣武门程氏寓所邀请程澍德出山，去担任伪新民学校的教职。程澍德以体弱多病为由，坚辞不出。

国难当头，程澍德中断了《中国法系论》的写作，改为著述《论语集释》。他在学术研究上的转向，未尝没有抵抗日寇"毁灭其文化，移易其思想，变更其教育"的企图的意思。只要细读《论语之研究》和《论语集释》的自序，自可见其民族气节之所在。程澍德身具传统文人风骨，宁愿饿死也不变节，坚守着自己的信仰，决不向侵略者低头妥协。

日本人一计不成，又生一计。他们派人到宣武门程氏寓所游说，动员程澍德出任伪北平市市长。不仅如此，他们还以金钱为诱饵，承诺俸禄会远远高于清华大学原来的薪水，并且程府上下所有家丁仆厮的工钱均由伪政府负责。面对高官厚禄，程澍德不为所动，拒绝了日本人的延请，一心闭门著书。

听说丈夫有工作不干，苏玉贞有点不高兴。她不识字，没有什么思想觉悟，也体会不到什么民族气节。她只知道，家里有十三个孩子，全府上下二十多张嘴巴等着吃饭。从未和丈夫红过脸的苏玉贞，忍不住和丈夫拌了嘴："一大家子要开销，不出去工作就没钱，我实在是想不通你这是为什么！"

每次家里来说客，苏玉贞都笑脸相迎。她知道丈夫的脾气，工作上的事绝不容她置喙。她能做的，就是客气地为客人递上茶水，寒暄几句。客人走后，见丈夫脸色不悦，苏玉贞不敢说什么。

吃晚饭的时候，她才小心翼翼地说："老爷，送上门的工作你为啥回绝啊……"没等苏玉贞说完，程澍德怒气冲冲地把筷子拍到桌子上："你知道什么？真是妇人之见……"

自结婚以来，丈夫从未用这种语气和她说过话，苏玉贞的眼泪不争气地掉了下来。

程澍德此时想起了申娣敏，她如果还在，绝不会说这混账话，一定会支持他的。如果申娣敏还在，他们在经济上也不会这么狼狈，大不了可以举家回福州老家度日。可如今这个样子，他还有什么脸面再去求见老岳父呢？

此时的程澍德有点后悔当初的选择，为什么要再婚？还有，如果当初同意大儿子和江家的婚事，有亲家帮衬着，日子也不至于过得这么寒碜。对不理解自己的苏玉贞，他自然没有好脸色，有意冷落她，留她一个人在卧室里生闷气。

刘菊香见苏玉贞不开心，知道为的是什么。

刘菊香跑到苏玉贞房里，好言劝慰小姐妹苏玉贞："女人要依靠男人才能生活，把自己男人惹毛了，吃亏的还是女人自己。——咱们老东家梁夫人病得不行了，托人带信来，让我过去服侍，说她家的佣人没有一个让她称心的。梁夫人说了，每月给20块大洋呢！"

20块大洋，这可够程府一家一个月的开销了。苏玉贞眼睛一亮，她同意了刘菊香的建议："你赶紧去吧，一大家子吃饭要紧。你那四个孩子我会帮着照看。有这20块大洋，能把眼前的日子过去再做打算。"

第二天，刘菊香按时到了梁府上。她这次来，不再是梁府的丫鬟，而是程家大少爷的小妾。梁夫人之前待她不薄，她这次来，一来是念旧主子的恩，二来是为了那 20 块大洋。程家太需要这笔钱了。

梁夫人脸色惨白，骨瘦如柴，看上去病得不轻，见刘菊香进得屋来，欠着身子想坐起来："老爷已经去世了，恐怕我这病也治不好了。玉贞呢，嫁过去还好吧？我想见见她。"

"夫人，玉贞过得还不错。明天我和她一起过来看您。"

梁夫人点点头，眼睛微闭，不再说话了。

刘菊香在梁府，主要是服侍梁夫人起居、给她喂药。晚上，刘菊香回到程府，交给苏玉贞 20 块大洋——这个月的吃喝总算是有着落了。

苏玉贞跟刘菊香一起去看梁夫人。看梁夫人病得脱了相，不由得落下泪来。苏玉贞六岁到梁府，若不是梁夫人收留，说不定自己早就饿死在街头。虽然有主仆之分，但感情上还是相当亲近。

梁夫人见苏玉贞面色红润、衣着考究，看得出日子过得不错："玉贞，你和丈夫、孩子都好吧？"

"回夫人，我丈夫还好，就是现在无书可教，在家写文章。两个女儿还小，托您的福，日子过得还行。"苏玉贞见梁夫人病重，不敢说自己的真实状况。家境殷实如梁夫人，老了还是要找人服侍，苏玉贞哭得更厉害了。

"别哭玉贞，咱们主仆一场，感情上跟母女也差不多。只是我现在身体不行了，怕以后再也见不到你们了。"

梁夫人最终还是走了。刘菊香和苏玉贞帮着打理了梁夫人的身后事，算是风光地把丧事办了。梁家的子女也很感激刘菊香和苏玉贞的出力，临别硬是要塞给她们50块大洋工钱。既是多年的朋友又是曾经的主仆，这钱本不该收的。但这是非常时期，正缺钱的苏玉贞稍一推辞也就收下了。

曾经的她，可以花十几块钱去戏园子消磨一个下午的时光，如今却要靠帮人打理丧事赚点尴尬的佣金。苏玉贞觉得，程府很大，却是一个笼子，里面那些跟她貌合神离的少爷小姐就犹如笼子里的困兽，嗷嗷待哺。她原本是被养的人，现在却要去养别人，而且是这么多人，她有点受不住了。

最后著作,《论语集释》

兵荒马乱,民不聊生。程府虽然日子难过,但至少还算安全。程澍德是京城知名人士,日本人也不想把事情弄得太难看。也会有日本兵找上门来,但程澍德几句日语,就把他们打发走了。

梁夫人去世了,梁府也就不再需要刘菊香去帮佣,刘菊香和苏玉贞幻想的"长期饭票"自然也就泡汤了。程家遇到了前所未有的困难,生活难以为继。家里佣人的工钱也是一笔不小的开支,程澍德决定辞退所有的家丁。厨子、车夫还有申娣敏带来的女佣,纷纷向程老爷求情,说他们可以不要工钱,只要能留下来有口饭吃。可程澍德决心已定,每人发了两块大洋,打发他们回老家自谋生路。

从此程府没有了下人,所有的家务都要自己动手了。苏玉贞和刘菊香原本就在梁府帮佣，家务活儿捡起来依旧驾轻就熟，把程府的事务处置得井然有序，解了程澍德不少后顾之忧。申娣敏所生子女大多已成年，但没有人能真正帮得上父亲。无奈，程澍德只好叫来大女儿程君英的长子峥吉帮自己整理书稿。

程澍德失去了工作，生活极端拮据，身体也一年不如一年，断断续续地吃着中药，病情时好时坏，最终瘫痪在床。

程澍德再也去不了书房了，峥吉把书桌和资料都搬进了外公的卧室里。

病榻之上，程澍德的眼睛微微睁开，艰难地看了一眼床头的外孙，嘴唇颤抖着说出一句话。声音很小，因为口齿不清又略有失真，峥吉只能俯下身："外公，您再讲一遍……"

程澍德已经虚弱得握不了笔，眼睛也视物不清，但他的大脑还异常清楚，他读过的书都在那里，他要表达的观点也都在那里；他要把它们拿出来，留给后人。

就这样，程澍德抱病口述，外孙峥吉秉笔而录，历时九载，于1942年终于完成了《论语集释》四十卷的初稿。1943年该书出版，这是程澍德最后的心血。

程澍德瘫痪在床，苏玉贞感觉身心俱疲。一大家子人，这么多张嘴等钱吃饭。丈夫躺在床上写书，书成了就会有钱进账；可书没成的日子呢，怎么过活？

苏玉贞心情不好，为了小九子调皮，又打孩子，又骂菊香——前妻的孩子她是不敢骂的，这点脑子她还是有的。

程澍德听到小九子的哭声，知道是苏玉贞在教训孩子，他想喊苏玉贞进来，话没出口，先咳嗽起来。苏玉贞放下了戒尺，来到了丈夫床前："老爷……"

程澍德劝她："玉贞啊，孩子有错说两句就可以了，别打孩子。现在生活困难，只要熬到日本鬼子走了，我能回清华教书，自然就有钱了。"

"老爷，你说得轻巧，你不当家怎么知道我有多难？每天一睁眼，一大家子十几张嘴等着吃饭，没钱吃什么？难道等着饿死？人家请你去新民学校教书，你管他是中国人还是外国人，有钱拿回来不就行了？"

程澍德气得脸通红，手拍着床沿怒吼："你知道什么？你真是无可救药！"

苏玉贞闭上了嘴，转身离开。这个丈夫虽然老朽，却是她唯一能倚靠的人。万一真把丈夫气死了，这宅子里的少爷小姐们是容不下她的。到那时，她们孤儿寡母连个住的地方都没有，恐怕只能流浪街头了。

苏玉贞回到自己房里，生着闷气。

刘菊香小心翼翼地跑过来安慰她："玉贞，这就是我们的命啊。梁大人这么有钱，最后还不是很惨？梁夫人还不是靠咱们办的后事？听说梁大人死的时候，连口像样的棺材都没有。咱家老爷满肚子的学问，又有什么用？生不出钱来！我这里倒还有个手镯……是梁大人送给我的……"

"梁大人送你的？他怎么会送你东西？"苏玉贞接过镯子，拿在手里摩挲。

刘菊香没有接她的话："……你拿去当了吧！全家人总不能饿死，换了钱买点米面，多换点花样节约着吃，也许今年可以挨过去。过了今年，明年再说吧。"

苏玉贞还是想不通刘菊香和死掉的梁大人的关系，她也不愿意想了，吃饭要紧，活命要紧："菊香，你真是好姐妹。梁大人送你的东西怎么好去当掉？这是你的……念想啊。再说了，你当了它，戴什么呢？"

刘菊香苦笑："玉贞，顾不了这么多了。眼前活人都难，谁还念一个死鬼？这个手镯你见我戴过吗？我哪敢戴出来啊？一直藏在箱子底，生怕让大少爷瞧见。——还是赶紧卖了，东西没了倒舒心，换成吃的还养胃。"

"也只能这样了——不然先当我的吧？以后再当你的。"苏玉贞说道。

刘菊香坚持："别客气了，还是先当我的。你那些手饰都是你的心爱之物，我这件又见不得光，等于是没用的东西。除了换钱，它还真没什么用，程府现在太需要钱了。"

苏玉贞感激地点了下头，心情舒畅了很多。

刘菊香的手镯当了不少钱回来。她一文钱也没留，全买成了米面和酱菜。苏玉贞帮着烙了饼，抓了几把米熬了稀饭。程宅里的少爷小姐们，一人一碗稀饭一个烙饼，总算没有饿着。

苏玉贞把稀饭烙饼端到程澍德床前，服侍丈夫吃完躺下。快到年关了，今年靠当镯子的钱可以勉强混过去，明年呢？丈夫的书稿遥遥无期，他外孙峥吉都累病了。没有稿费挣回来，这什么时候是个头儿啊？这辈子难道就得陪这个病人过下去？自己的命也太苦了，原想嫁个有钱人能脱离苦海，可现在这日子过得也不比穷人好到哪里去啊。

苏玉贞想带着孩子离开这里。她偷偷盘算，自己这几年积攒下的手饰，够她们娘仨生活几年的了。如果继续留在程府，手上这点值钱的东西很快就会被败光。

律政学者，撒手人寰

苏玉贞好久没去裁缝店做衣服了，更没钱到戏院听戏。

日子过得艰难，前夫人留下的少爷小姐们，多数对她都有敌意。大少爷对她还算客气，那是因为刘菊香的关系。刘菊香是她带过来的，而刘菊香又是大少爷四个孩子的娘。生病的丈夫等着她来服侍，一大家子嘴巴又等着她来喂饭，苏玉贞觉得自己成了免费的保姆。丈夫一门心思都在书稿上，对自己再没有一句温暖的话，认为她的辛劳付出是理所当然。家里这么多孩子，也没有一个人伸出手来帮她，只是冷眼看她操劳。如今的这个家让苏玉贞心寒，她真的得走了，她要带自己的孩子离开程府。

苏玉贞把全家人召集到客厅，宣布了自己的决定。

程澍德拄着拐杖站了起来:"你自己可以走,但孩子不能带走。我们程家是书香门第,孩子跟着你,只能和你一样是睁眼瞎。你要走就离得远点,别再回北京。"

苏玉贞也不示弱:"现在饭都吃不饱,哪还有钱去读书?孩子必须跟我,我一定砸锅卖铁让孩子读书,不做睁眼瞎。"

"你一个妇道人家,有什么能力送孩子去读书?你一定要带,小九子你带走,小十子留下。"

苏玉贞看了看小十子,眼泪流了下来。哪个当娘的不心疼孩子?都是娘的心头肉啊!

听说母亲只能带小九子走,小十子哭得撕心裂肺:"妈妈不要走,姐姐不要走……"

苏玉贞心软了,也就没再坚持。程澍德以为这事已经平息了,苏玉贞不过是使性子发脾气而已,没料想苏玉贞真的带着小九子离开了。

客厅里的一幕,刘菊香看得真切。程老爷本意是不想让苏玉贞走,她一走,这一大家子的吃喝谁来操持?现在程府上上下下全靠苏玉贞一个人撑着,她一走谁来撑这个门面呢?刘菊香也想走,可自己的四个孩子还小,她只能待在程府。大少爷又没有工作,也全靠程老爷的薪水。现在老爷失去工作,这外面兵慌马乱的,即便出去了，哪儿又是自己的安身之地呢？

离开程府前，苏玉贞和刘菊香深谈了一次："我现在不走，以后日子会很惨。老爷一死，那些少爷小姐能容得下我？早晚得被扫地出门。迟早要走，不如早走！我先带小九子出去谋条出路，你有困难再来找我，咱们是患难姐妹。"

刘菊香点了下头，贴心小姐妹要离开自己，真舍不得。

苏玉贞收拾了自己的东西，带着小九子离开了程府。娘俩暂时借住在相熟的裁缝店里，准备买了船票，去上海投奔表哥。千里迢迢去投亲，总不能空着手。安顿好了，苏玉贞打算先到王府井买点果脯。结果，在公交车站碰见了小十子。

她带着小九子在车上，小十子在站台上张望。透过车窗，姐姐和妹妹四目相对。

只见小十子被刘菊香领着，穿着脏兮兮的旧棉袍。苏玉贞只来得及看小女儿一眼，车就启动了，她只听见小十子在喊："小九子，你穿的皮衣服真好看！"这是她见小十子最后一面，也是两个小姐妹见的最后一面。苏玉贞不敢下车，她知道程家人在找她。

回到住处，没想到刘菊香来了。

刘菊香跟她讨了吃的，边吃边说："我想你在北平没什么亲人，去的最多的地方就是戏园子和裁缝店这儿了。戏园子人多眼杂，应该是在这儿了……"

刘菊香想跟苏玉贞一起走："我也不想回去了，想想你都走了，我在那儿算什么？"

"小十子呢？怎么不一起带来？"

"带不出来了。我自己的孩子也没带出来，他们有自己的亲爹在，总比和我在外面强吧？我自己都不知道能不能活下去呢！"

刘菊香狼吞虎咽地吃着东西，她已经一天没吃饭了。苏玉贞不由得担心起小十子来，大人都吃不饱，更不要说小孩子了。但她实在不敢回去，她没法面对那些人，怕被他们缠上，也怕面对他的丈夫程澍德。

苏玉贞想帮刘菊香，可没有这个能力。她央求裁缝店老板："您行行好，给我这姐妹找个吃饭的地方。"

裁缝店老板动了恻隐之心："有个山东客人，是个生意人。这人妻子刚过世，想要找个伴儿。他刚来这儿做过衣服，过两天就要回山东去。你们姐俩合计合计，如果愿意跟，我给你们牵个线儿。树挪死人挪活，跟着去山东，有口饭吃，未必不是一条活路。"

刘菊香想都没想就同意了，这个时候能有口饭吃，能活下来就很不错了。

第二天，来了一辆黄包车，从裁缝店接走了刘菊香。自此后，苏玉贞就再也没了刘菊香的音讯，更不知道她留在程家的四个孩子怎么样了。苏玉贞有心把小十子也接出来，又怕大少爷向她讨要刘菊香，只得含泪离开了北平。

苏玉贞与刘菊香先后出走，程府乱了套。这个家离了这两个不识字的女人，饭菜都没人会烧。大少爷悔不当初，如果听父亲的安排，娶个有钱人家的小姐，程家也不会落到这步田地。看看五个年幼的孩子，还有病中的老父亲，程家大少爷一夜之间成熟了不少。自己再不担当起来，这个家就真的要完了！

程家唯一值钱的，就是宣武门这套宅子了。一大家子要活下去离不开钱，程家大少爷开始为卖房、买房奔波。他要物色买家，跟买主谈价钱；还要物色便宜的住处，把这一家子安顿下去。他跑了大半个北京城，相中了北京门头沟的房子。京西门头沟多煤窑，生活在那里的都是底层的市民，房子非常便宜，一百块大洋就能买下一个四合院，供程家人安身。

宣武门房子，价格也谈妥了。1500块大洋，买家看出了程家的窘迫，不肯再加价。这个价钱，只相当于一口上好的棺材钱。大少爷看看这气派的大宅子，再看看病重的父亲，看看嗷嗷待哺的孩子，只能同意了。

大少爷把弟弟妹妹集中到父亲的卧室，把这个决定当着父亲的面说了。程澍德已经说不出话了，但他听懂了大儿子的意思，无奈地点点头。

大少爷把能干活儿的弟弟妹妹都调动起来，分别整理打包、准备搬家。对于程府的少爷小姐们来说，这谈何容易？然而，磨难最能锻炼人，失去了父母的护佑，少了姨娘仆从的照顾，程家少爷小姐们在一夜之间成熟了，硬是用了两个星期整理好了搬家的物品。

听说老东家要搬家，原来的黄包车夫叫来一帮兄弟帮忙。老北京人念旧，不管怎么说，为程老爷服务了这么多年，多多少少总有些感情；现在程老爷家有难，他们能帮一把就来帮一把。大少爷要给工钱，车夫只是象征性地收了一点：

"少爷，程老爷对我们两口子有知遇之恩。我们吃程家饭这么多年，本来一分钱也不该收。这几块大洋，就算请我这几个穷哥们喝酒了！"

1944 年元旦，一切结束停当，一行人护卫着黄包车车队，向门头沟走去。

六十八岁的程澍德躺在黄包车里，已经病入膏肓。北风吹雪，程澍德身上盖着棉被，也挡不住阵阵风寒。大少爷志骐俯下身问父亲："爸爸，你感觉怎么样？"程澍德没有回答儿子的话。他面色苍白地躺在那儿，走到了生命的尽头。

　　"爸爸……"

　　"程老爷……"

　　任凭谁的呼喊，他再也不能回应了，一代法学宗师程澍德的人生，就这样谢幕了。

后　续

　　1944 年元旦，上海的报纸刊登了程澍德的讣告。小九子程美玲拿着报纸跑回家，把父亲去世的消息告诉母亲。苏玉贞不识字，但"程澍德"三个字她是认识的。她不敢确定，指着"讣告"两个字反复问女儿："这是什么意思？"苏玉贞变卖了首饰送小九子上学，她确实认识几个字。

　　"我问过先生了，讣告，就是告诉大家，人已经死了。"听到这儿，苏玉贞不由潸然泪下。人说一日夫妻百日恩，毕竟与丈夫生了两个孩子，毕竟有过一段幸福生活，没想到现在阴阳两隔。

　　苏玉贞在上海也是寄人篱下，帮着做家务换母女二人的吃喝。为了送女儿念书，她变卖了自己全部首饰。如今，丈夫在北平病故，她有心回去奔丧，接回小十子，可苦于手上没有盘缠，只能遥望着北方默默垂泪，为逝者烧上一刀纸钱。

小九子程美玲，长大后参加了中国人民解放军，成为一名文工团战士。为了工作需要，程美玲为自己改名为叶茵。后来，叶茵随部队进入朝鲜，参加了抗美援朝战争。胜利回国后，叶茵向部队领导请假，要去北京和上海寻找自己的亲人。

叶茵先到了北京。坐上公交车，穿着军装的叶茵百感交集，她最后一次见到妹妹就是在公交车上，妹妹的童音犹言在耳："小九子，你穿的皮衣服真好看！"近十年过去，小十子还好吗？她该是二十岁左右的大姑娘了。

叶茵在宣武门下了车，按照幼时的记忆，找到了当年的四合院。院子还在，但住的已经不是程家人了。站在老房子前，叶茵百感交集，这么大的北京城到哪儿去找亲人呢？

叶茵先找到宣武门的街道，但工作人员表示，他们辖区内没有程澍德的后代。叶茵又找到当地的军政委员会，希望由组织出面帮自己寻找亲妹妹。他们去了清华大学，一无所获；又去了黄包车管理委员会，希望能找到当年程家的黄包车夫，但也毫无线索……

　　三天过去，一无所获，叶茵怀着惆怅的心情来到了上海。在北京，她没有找到妹妹；回到上海，她又担心找不到母亲。毕竟，当初她是瞒着母亲参军到部队的，这几年来也没通过信。好在上苍可怜这对母女，几经周折，她终于找到了母亲，把她接到了自己的身边。

　　此时的叶茵已有了心仪的对象，是她所在部队的的教导员；婚后小两口都在军政干校工作，苏玉贞的生活终于安定下来。苏玉贞很想找回自己的亲生女儿小十子，但始终没有合适的机会。有哪个母亲不爱不想自己的孩子呢？这对苏玉贞来说，也是一种折磨和悲哀。

　　1969年4月1日凌晨两点，苏玉贞在绍兴人民医院去世，没留下任何遗言。当时，在病床旁陪伴她的，只有她十五岁的外孙女华军。

　　叶茵把苏玉贞的骨灰盒一直珍藏在家里，让她随着自己一家迁移，因为部队需要经常调防。直到1990年，叶茵全家安定在了杭州，苏玉贞才入土为安，葬在杭州第二公墓。

　　而小十子，已成为小九子的心病。叶茵记挂自己的亲妹妹小十子，年纪越大越是想得厉害。长女华军几经周折，好不容易找到了程君英的三女儿张素音，当时她也已经86岁了。华军从张素音的来信中得知，程澍德北京方面的子女均已过世；也就是说，他亲生儿女中在世的，只剩小九子叶茵一人了。

程澍德年幼失怙、寄人篱下、受尽白眼；青年时代发奋考取功名，却遇清廷腐败、壮志难酬；晚年醉心法学研究，却遭遇日本侵华，生活无着、贫病无依。他肯定希望自己的后世子孙生活无忧，不必再像他那样颠沛困顿。

远在天堂的程澍德应该会感到高兴和欣慰，他的后代赶上了好的时代，国家富强，人民安乐。